ハヤカワ文庫 SF
〈SF2079〉

宇宙英雄ローダン・シリーズ〈525〉

ウルスフ決死隊

クルト・マール
星谷 馨訳

早 川 書 房
7807

PERRY RHODAN
GEHEIMAGENT FÜR KRAN
DIE ROBOTER VON URSUF
by
Kurt Mahr

Translated by
Kaori Hoshiya
First published 2016 in Japan by
HAYAKAWA PUBLISHING, INC.
This book is published in Japan by
arrangement with
PABEL-MOEWIG VERLAG GMBH
through JAPAN UNI AGENCY, INC., TOKYO.

目次

ウルスフ決死隊

登場人物

アトラン……………………………もとクランドホルの賢人
ニヴリディド………………………アトランの忠臣。プロドハイマー＝フェンケン
チャクタル…………………………同。アイ人
パンチュ……………………………同。クシルドシュク
カルヌウム
グー
　　　……………………………クランドホルの公爵。クラン人
シスカル……………………………惑星クランの女防衛隊長。クラン人
サマソル……………………………公爵グーのスタッフ。クラン人
セリガアル…………………………ヌゲツ研究ステーション所長。クラン人
デルバー……………………………同副所長。クラン人
チャング……………………………同危機対策メンバー。ターツ
ギクラ………………………………同危機対策メンバー。プロドハイマー＝フェンケン
デリル………………………………兄弟団の首領。別名、汚染された男。クラン人
ニルゴード…………………………デリルの代行。クラン人
壊し屋
ダムボル
　　　……………………………兄弟団メンバー。クラン人

クランでのラスト・ミッション

クルト・マール

1

よどんだ空気と喧噪《けんそう》に満ちた店内を、男は見わたしていた。その視線が一瞬、ちいさな水色毛皮の生物の上にとまる。プロドハイマー＝フェンケンが目を光らせ、迫る危険を知らせている。男は前のテーブルにあるグラスにゆっくり手をのばし、中身をひと口すすった。クラン人がアルケと呼ぶ、スパイスのきいた刺激の強い飲み物だ。

身なりを見るかぎり、男は場の雰囲気によくマッチしていた。ここ、十八番飲食ホールは、けっして上流階級の者がくる場所ではない。この男もまた、薄汚れたグレイの髪をだらしなく肩までのばし、赤ら顔の左頰には醜いあばた、濁った目はなんとも判別しがたい色で、不潔な衣服は穴だらけ。一見すると、アルケ一杯を注文するのが精いっぱいの浮浪者である。

それでも男には、飲食ホールに集《つど》うほかの客とは明らかに異なる特徴があった。客たちはだれも、身なりが悪く汚れている点では同じだが、クラン人、ターツ、あるいはプロドハイマー＝フェンケン、リスカーである。しかし、男はそのいずれでもない。近ごろなにかと話題のベッチデ人に似ているが、ベッチデ人でないこともたしかだった。

水色毛皮が知らせてきた〝危険〟の正体は、テーブルに近づいてくるふたりの若いクラン人だった。そのとき男は、クラン人の体格にあわせてつくられた大きすぎる椅子の上で心地よくくつろいでいた。あぐらをかいているので、テーブルのはしに置かれたアルケのグラスは手をのばさないととれない。

身長三メートル近いクラン人ふたりが、男のテーブルの前で立ちどまった。どちらも筋骨たくましく、ひろい肩幅と大きな手をしている。黄色い筋がはいった鋼色のたてがみは豊かで若々しい。

「すわる場所がないぞ」ひとりがとどろくような声でいった。

ぼろを着た男は自分のテーブルまわりにある椅子をさししめし、

「席ならあいている」と、完璧なクランドホル語で告げた。

「いかがわしい賢人の従者と同じテーブルにつく気はないね」もうひとりの若者がうなる。

「わたしは賢人の従者ではない」男は動じることなく応じた。

「なんだと……」

「かつてはそうだった。事実がのみこめるまではな。賢人はただの権力欲にまみれたぺてん師だったよ。おのれの目的のため、無知な者を利用していたのだ」

クラン人ふたりはたがいに顔を見あわせた。

「いまは従者でないとしても、同じテーブルにすわる気はない！」と、ひとりがどなる。「失せろ！」

ぼろを着た男は動かない。いつのまにか、このやりとりが店内の注視の的になっていた。若者たちは挑発されたと感じたらしい。ひとりが身を乗りだし、グレイの髪のあつかましい男を椅子からひきずりおろそうとする。ところが、男は予想外の反応を見せた。椅子のひろい座面から飛びだすと、グラスをつかみ、もうひとりに中身をぶちまけたのだ。刺激の強い液体が目にはいり、若者は悲鳴をあげた。男は次に、自分をひきずりおろそうとしたほうの湿った鼻をこぶしで一撃。相手が痛みにのたうつあいだにテーブルへ跳びうつり、その頸筋に飛び蹴りを見舞う。たてがみを片手でつかんだまま、もう一方の手でクラン人の耳の裏側を探った。ここの骨のすぐ下に敏感な場所があるのだ。そこを強く圧迫すると……相手はうめき声をあげ、気絶して床にのびた。

ここまで非常に速く進んだので、もうひとりのクラン人はまだアルケの攻撃から回復していなかった。あふれる涙を両手でぬぐいながら、テーブルのあいだをうろうろしている。そこへかつての従者が跳びかかった。若者は衝撃でバランスを失い、転倒する。

男はその両腕を持ちあげてひねった。

相手が痛みに叫び声をあげると、賢人のもと従者は腕をはなした。あたりが水を打ったようにしずかになる。

「どんな生物にも尊厳があるのだ」男は周囲のすべての客に聞こえるよう、大きな声でいった。「他者を侮辱すれば、かならず罰をうける」

それから踵《きびす》を返し、ドアを通って戸外へ出た。

＊

北へ向かう大型高架道を行きかう車輛の音が遠くに聞こえる。ぼろを着た男は弱めに照明された歩道を歩いていた。このあたりには、十八番飲食ホールと似たりよったりの食堂が数多くある。

男はマグネット道路の停留所に向かっていた。歩道の屋根を通して、暮れなずむ空に浮かぶ星々が見える。歩いている者はあまりいない。

暗がりから声が聞こえた。

「クラン人がひとり、ふたつめの角にいます」

男は歩みを遅めることなく、そのまま通りすぎた。ニヴリディドはたよりになるやつだ、と、ひそかに思いながら。マグネット道路の地下ステーション入口をしめす発光マークが遠くに見える。男はポケットを手探りし、コインをつかみだすと、薄暗い明かりのもとで金額をたしかめはじめた。

「有り金を数える必要もないほど稼げる方法があるぞ」と、近くで声がした。

男は驚いたふうをよそおい、からだをこわばらせた。

「あわてなくていい」

ふたたび声がして、暗がりから背の高い一クラン人が姿をあらわした。

「だれだ……あんたは？」貧者は口ごもった。

「ヌギスト。聞いたことはあるか？」

「いや」

「おまえは賢人の従者だな？」

「〝もと〟従者だ」

「名前は？」

「オルバン」

「よし、オルバン。われわれ、おまえのような男を探していた」

「われわれとは？」

「兄弟団だ。噂は聞いているだろう。われわれ、賢人のやり方はクラン人種族に敵対するものと考えている。賢人を追放しなければならない」

「わたしは……政治に興味がないのだが」オルバンと名乗った男は応じる。

「かつての主人に対する忠誠心はどの程度のこっている？」

「皆無《かいむ》だ！」オルバンは吐きすてた。「賢人ってのは、ぺてん師で、裏切り者で……」

ヌギストは向きあった相手を元気づけるような笑みを浮かべた。歯が闇にぎらりと光る。

「その調子だ！　われわれ、賢人をひきずりおろす作戦を展開する。協力しないか？」

「どうやって？　わたしになにをしろと？　いつ……」

「じきに教える。家はどこだ？」

オルバンは住所を告げた。

「いまにもっといい暮らしができるぞ」男がうらぶれた地域に住んでいると知り、ヌギストはいった。「このあと、なにをしてすごす？」

「眠るだけさ。空腹だと疲れるんでね」

ヌギストは装備のひとつであるベルトに手をいれ、ひとつかみのコインをとりだすと、驚いている男に持たせた。

「わたしに？」オルバンは信じられないようだ。

「ほかにだれがいる？」ヌギストはからかうように答え、「われわれに協力するなら、もっと礼をはずむぞ。ぐっすり眠ったあと、そのまま部屋にいろ。腹が減ったらなにか食えばいい。こちらから連絡して指示を出す。運がよければ、〝壊し屋〟にも会えるかもしれない」

「壊し屋？　だれだ、そりゃ？」

クラン人は唇を使ってちいさく音をたてた。おもしろがっているのだ。

「政治に興味がないというのは本当なんだな。壊し屋を知らないとは」

そういうと、オルバンをその場に残して踵を返した。

*

オルバンの住まいには部屋がふたつと半分ある。半分というのは洗面所だ。天井高は二メートルたらず。ふたつの部屋を行き来するには、ドア枠の筋交《すじか》いの下をかがんでくぐるしかない。プロドハイマー＝フェンケン用につくられた家なのだ。貧者オルバンの役割にふさわしい住居として、これ以上のものは望めなかった。

日々の生活に不自由はない。部屋には自動キッチンもラジオカムもあった。ただ、接続するにはそのつどコインが必要だが。

オルバンはラジオカム装置にグリーンの一ビルト硬貨を投入し、通信記録の再生スイッチを押した。不在中にはいった通信は一件、時刻はヌギストと話した数分後になっている。兄弟団は確実に連絡がとれることを知らせたかったのだろう。

やはり硬貨をいれないと作動しないタイプの自動キッチンを使い、粗末な夕食を用意した。じつのところ、腹は減っていない。あれはヌギストをあざむくオルバンの仮面の一端として口にした言葉だ。とはいえ、あとで兄弟団がここを調べにくることも考えられた。コイン式自動キッチンの場合、いつ作動させたか、かんたんにつきとめられてしまう。

食事がすむと、寝室に行き、なにやら動きはじめた。やがて、せまく低い寝台のうしろにかくし扉があらわれる。扉のつづく先は、あらゆる技術機器がそろった正方形の小部屋だ。男はそこにはいり、一連のスイッチを操作する……いつのまにか、かくし扉は閉まり、家の明かりも消えていた。すると、小部屋のまんなかに薄いカーテンのような、光る半透明のものがあらわれる。オルバンはそのなかにはいりこみ……同時に見えなくなった。まだ機器類からかすかな音はしているが、カーテンじたいも消滅し、ぎらぎらした天井のランプも消えた。

男は似たような小部屋で実体にもどると、扉から外に出て、ひろく明るいホールに到達した。そこでは薄汚れたぼろの衣服が場違いに見える。床は色彩豊かな絨毯《じゅうたん》でおおわれ、豪華なカバーをかけたベッドが置かれていた。クラン人のからだにあわせた、高さのあるベッドだ。高さ四メートルの天井には発光プレートがひとつそなわり、温かく心地よい光を投げかけている。奥のほうのテーブルから流れる冷気の筋が見えた。そこに置かれた飲み物は、十八番飲食ホールの在庫リストには載っていない。ホールの客が注文できるような代物ではないからだ。横にはブルーと白のリッサン・クリスタル製グラスが光り輝いている。

オルバンはベッドわきの壁にあるインターカムのところへ行き、呼び出しボタンを押した。紋章のようなシンボルがスクリーン上に浮かぶと、こう告げる。

「公爵と話したいのだが。お手すきのようなら」

数秒後、一クラン人の映像がスクリーンにあらわれた。銀色のコーティングを施した衣装を身につけ、たてがみは白く輝いている。笑みを浮かべ、

「あなたが危険な任務からぶじに帰還したのを見ると、いつもながら安堵の念にたえません」

「魚が餌《えさ》に食いついたぞ」オルバンと名乗る男は答えた。「すこし待ってくれ。ぼろを脱いで、結果報告に行くから」

「まさにグッドタイミングです、アトラン」と、公爵。「一時間後に兄弟団の代表と面談の予定でして」

＊

十五分後、男はゆったりしたバスルームから出てきた。その姿は貧者オルバンとは似

ても似つかない。がっしりした肩や長い指や秀でた額はそのままだが、猫背の姿勢をやめたせいか、堂々として背が高くなったように見える。汚れと染料を落とした髪はうなじをおおう長さで、銀白色に輝き、先ほどまでつけていたコンタクトレンズをはずした赤い目は、壁の大型鏡にうつるおのが姿を満足げに見つめていた。

アトランが身につけているのは、公国がかれのために特別にあつらえた衣装だ。目のさめるような明るいグリーンのズボンに、柔らかい革製の淡褐色のブーツをはき、腰のまわりには華やかな装飾を施したマグネット留め金つきの太いベルト。しなやかな素材の上着は明るいベージュで、ゆったりしたつくりになっている。肩から肩へ縫いつけられた、ひだのついたみじかいケープには、クランの神話に出てくる内容を寓意的にあらわした飾りがついていた。

アルコン人は明るく照明されたひろい通廊をぬけ、公爵の広間へ向かった。公爵専属であることをしめす華美な制服姿の歩哨二名がうやうやしく敬礼するなか、広間の荘厳な正面玄関をくぐる。そこに、現公爵のカルヌウムがいた。

カルヌウムだけではない。隣りで高さのあるクッションにもたれているのは、公爵の側近で愛妾でもあるウェイクサだ。五十三歳のいまも美しい。数メートルはなれた場所には、背の曲がった小柄なクラン人老女がいた。百二十六歳のシスカル、惑星クランの防衛隊長である。

アトランがはいっていくと、カルヌウムは立ちあがり、最大限の敬意を表して挨拶した。アルコン人はこれまで自分と公爵を同権の立場とするため、なにかと気を使ってきたのだが、うまくいっていない。カルヌウムから見たアトランはやはり、二百年の長きにわたってクランドホル公国の命運を決定してきた〝賢人〟なのだ。対して公爵のほうは、名誉欲と独裁への執着に惑わされたせいで、あやうく破滅の憂き目を見そうになった当の本人である。

アトランは親しげに挨拶を返し、クッションのひとつにくつろいですわると、

「壊し屋と会えるかもしれない」と、いった。

「壊し屋ですと！」シスカルが興奮してくりかえす。

アルコン人はさっきの出来ごとを話してきかせ、

「ルゴシアード勝者のなかから選ばれ、わたしのもとへ送られた協力者三名が、しだいにかけがえのない存在となってきた。なかでもプロドハイマー＝フェンケンのニヴリディドは、他者の感情を恐ろしいほどの正確さで読みとる。もし、あの飲食ホールで若いクラン人ふたりのことを警告されなかったら、わたしはいまごろ病院行きになっていただろう」

「兄弟団の誘いに乗るつもりですか？」カルヌウムがたずねる。

「当然のこと。兄弟団の計画を遂行する者が壊し屋という名で、ノースタウンのいずこ

かに潜伏しているという情報を、一週間前に入手したのだ。これほどのチャンスを逃す手はあるまい？」

公爵は気弱な笑みを浮かべ、

「〝われわれの〟問題なのに、あなたが火中の栗をひろうのですな」

「その問題だが、わたしにも責任の一端がある」と、アルコン人は応じた。「兄弟団の激情はもともと、正体も知れぬ未知勢力にクラン人種族が唯々《いい》諾々《だくだく》としたがうべきではない、という思いから生じたものだ。かれらは賢人の追放を要求した。この要求と、当時知られていたこととの背後関係をならべてみれば、兄弟団の主張も論理的で正当に思われる」

「腕利きの護衛を数名、同行させましょう」シスカルが提案した。「万一の場合にそなえて……」

「どうか無用に願いたい」アトランは防衛隊長の言葉をさえぎり、「兄弟団のもくろみは不明だが、賢人のもと従者に厳しい目を注《そそ》ぐであろうことはたしかだ。わたしがこれまで演じてきた人物と違っているとすこしでも疑われたなら、成功はおぼつかない。もと賢人そのものだと気づかれる危険も、当然ながらある」

「同行者なしで、どうやって危機を未然に防ぐのですか？」シスカルはうろたえた。

「なんともいえないが、介入するのはその瞬間がきてからだ。なによりも、かれらが疑惑を持たないような介入をこころみてもらいたい。兄弟団が偽装しているかくれ場の手がかりを、わずかだがつかんだのだ。なんとしても、しがみつかねば」

ここで話題はべつのことにうつった。《ソル》乗員のうち、トマソンの指揮下にあった全クラン人は前日に下船し、タンワルツェンをリーダーとする技術者チームが船の制御をひきついでいる。《ソル》はかつて賢人の居所だった水宮殿《みずきゆうでん》がある広場、ダロスの上にいまも動かず浮かんでいた。

「トマソンとその部下は優秀ですから、第一艦隊での職務をあっせんされるでしょう」と、カルヌウム。

「水宮殿の状況はどうなっている？」アトランはたずねた。

「安定していますな。賢人の従者たちは《ソル》への乗船を待っています。あと宮殿にのこっているのは、あなたが呼びよせたかつてのルゴシアード勝者たちだけ。ベッチデ人サーフォ・マラガンは、医師団の監督のもと、安定状態にはいるための適応プロセスにとりくんでいます。グーは回復傾向にありますが、専門家の話だと、生命の危険がまったくないとは断言できないようで」

「水宮殿で起きた変化について、国民はどの程度知っているのだ？」

「賢人が引退したことと、その後任にグーがつくことは知っています。グーは相《あ》いかわらず人気がある。それを告知して、兄弟団の気勢をそいでやりますよ」

歩哨のひとりが広間へはいってきて、兄弟団代表の来訪を告げた。アトランは立ちあがり、

「わたしは姿を見られないほうがいい。代表のなかに、貧者オルバンを見知った者がいないともかぎらんからな」

カルヌウムは広間の奥にある別室のドアをさししめした。

「あそこへどうぞ。すべて準備してあります」

*

アトランは面談の経過を別室の大スクリーンで追った。地下組織の代表は三名、クラン人ふたりとターツ一体だ。ターツは明らかに補助的な役割らしく、後方にすわって小型記録装置をいじっている。そこへシスカルがちらと疑り深い目を向けたのを見て、アトランは思わずにやりとした。

「公国はいま危機にある」と、カルヌウムが口火を切った。「難問を解決するため、責任能力のある団体すべてに協力を呼びかけているところだ。兄弟団もこうした有力団体のひとつだと考えてもらっていい」

「われわれ、自分たちの責任は自覚しています」兄弟団のスポークスマンが答える。

「しかし、その難問解決に兄弟団がくわわるには、おわかりでしょうが、いくつか条件

があります」

「前にもかなりの条件を聞いたぞ」公爵の声が非難するように低くなる。「ま、いってみろ」

「われわれ種族の運命を、能力の低い未知者にまかせることは許されません」

「それに関しては考えてある。水宮殿にいるグー公爵が真の責任者となるだろう」

「兄弟団を政治に参加させていただきたい」と、スポークスマン。

「どう参加するというのだ？」カルヌウムは冷静にたずねた。文字どおり訊きたかっただけで、けっして修辞疑問ではない。「ツァペルロウ亡《な》きいま、三頭政治を完全なものにするには新しい公爵を決定する必要がある。きみたちのだれかが公爵になると？」

「それもひとつの可能性です」

「よりによって、兄弟団の一員が公爵とは。種族をどう納得させるつもりかね？」

「選挙委員会も認めざるをえないはず。そうしないと、危機を脱することはできないのですから」

カルヌウムは黒い目を光らせ、脅すようにいった。

「選挙委員たちは、ときにひどく頑迷だ。だれがかれらを説得するのだ？」

「それはあなたの役目でしょう」

公爵はまったく気乗りしないようすで、

「だったら、選挙委員会に推挙する人物をここに連れてこい」

スポークスマンの顔に、からかうような笑みが浮かんだ。

「われわれが自分たちのリーダーをさしだすと思うのですか？　捕まることを承知で？」

カルヌウムは立ちあがり、

「こんな会話は時間のむだだ」と、苦々しくいった。「きみたちの要求はあまりに非合理的で、とてもうけいれられない。むろん、承知のうえだろうが。選挙委員会を動かし、顔すら見たこともない候補者に投票させろというのか？　もうすこしましなことを考えついたら、また話を聞こう」

「いいたいことはそれだけですか」スポークスマンは、公爵の言葉にみじんも動揺するそぶりを見せず、「なら、もうここに用はありません」

「それはこちらのせりふだ」カルヌウムは冷たく答えた。

2

アトランは三名の〝忠臣〟に目をやり、ちいさく笑みを浮かべた。まずはリスに似た小型生物プロドハイマー＝フェンケンのニヴリディド、感情知覚能力者だ。次に、アイ人のチャクタル。その名はクランドホル語で〝標識灯〟を意味する。かれが頭蓋の黒くくぼんだ部分をでたらめに光らせると、それをうっかり見た者はだれでも、ヒュプノ暗示にかかってしまうのだ。そして最後に、クシルドシュクのパンチュである。

クシルドシュク種族は身長九十センチメートルにも満たない小人で、床までとどく長い腕とみじかい脚を持つ。頭蓋は前方に向かって尖っており、その先端はクラン人と同じように湿った鼻づらで終わっていた。大きな目は飛びだしぎみで、長く柔らかい耳が頭蓋の両わきから垂れさがっている。そのため、派手な服装をしていても、アルコン人にはテラのバセットハウンドが思い浮かぶのだった。見た目だけでなく、これまでお目にかかったことのないような能力にしても、犬を思わせる。パンチュはとっくに消えてしまったシュプールも探知・追跡できるのだ。クシルドシュク種族がクランドホル公国の一員となったのは数年前のこと。公国艦隊はパンチュほか数名を新入り乗員として迎えいれた。その後、パンチュは惑星クールスへ行くことになり、ルゴシアードに参加。そこで特殊能力を発揮して勝利を手にしたのち、賢人に水宮殿へ招聘《しょうへい》されたというわけである。

かれらの特殊能力が突然変異によるものかどうかは、確認の手段がない。ともあれ、アルコン人が公爵の広間からもどると、三名が部屋で待っていた。

「今夜は助かったぞ、ニヴリディド」アトランは声をかけた。「きみの忠告がなかったら、面倒が起きていた」

「かんたんなことでしたよ」プロドハイマー＝フェンケンはきんきん声で答える。「あのふたり、だれかに喧嘩を売ってやろうと、文字どおり目をぎらぎらさせてましたからね」

チャクタルが明滅信号でなにかたずねてきた。頭蓋からのびる有柄眼は丁重にひっこめている。アトランはアイ人の信号を苦もなく読みとることができた。なんといっても、ずいぶん昔のルゴシアード勝者であるチャクタルをクランに呼びよせたのは、ほかならぬ自分なのだ。

「きみたちの今後の行動は未定だが」と、答え、先ほどの出来ごとを簡潔に説明した。「まずはパンチュにそばにいてもらいたい」

「承知しました、マスター」クシルドシュクが、ちいさなからだに似あわぬ野太い声で応じる。「どこにいればいいですか？」

「わが住まいの近辺が最良だろう。きみにまかせるから、わたしのシュプールを追うのだ」

特殊能力者三名が帰ったあと、アトランはまたオルバンの姿にもどった。汚れた衣服からたちのぼる臭気を感じ、鼻にしわをよせる。変装が完了したのち、わざわざ鏡で確認することはしない。転送機に身をゆだねる前に、テルトラス西棟にある快適な居室をなごり惜しげに見まわした。この仮面は唾棄《だき》すべきもの！　快適な文化的環境を中断されることなく享受できれば、どんなにいいか。こうした生活がまだつづくのか？　あとどれくらいたてば、せめて一カ月ゆっくりできるのだろう？

転送機を使い、オルバンはもとのみすぼらしい部屋にもどっていった。

＊

朝の六時になっても、アトランはオルバンのねぐらで眠れずにいた。寝台はかたいし、どれほど衛生係ががんばっても、部屋にはかすかにタマネギと酢と汚れた靴下のにおいが漂っている。横たわったまま、ここ数週間の出来ごとをあれこれ思いかえした。

クランドホルの賢人を演じていた二百年間のことは、本を読むように思いだせる。自分がどのような決定をくだしたかも、賢人の従者ひとりひとりの外見も名前も。これまでに召喚したルゴシアードの各勝者についても記憶している。だが、こうした記憶は保管資料のようなもので、起きたことは思いだせても、そのとき自分がなにを感じたかはおぼえていない。

終焉は必然的に訪れた。あとから振りかえれば、賢人というシステムがあれほど長くつづいたのは奇跡とさえいえる。助言者と称する未知権力が、異種族を従者としてまわりに集め、公爵にすら一度も姿を見せなかったのだ……クラン人種族はそんな統治にうんざりしていた。やがて、賢人の排除を旗印にかかげた兄弟団が支持者を増やしていくことになる。

そんななか、アトランはカルヌウム、グー、ツァペルロウの三公爵を第一艦隊ネストに呼びだした。三人のうちひとりが賢人の仕事を妨害する裏切り者だという、漠とした予感があったからだ。カルヌウムに関する予感だったのだが、それは結果的に誤りとわかった。兄弟団の手下はカルヌウムの廷臣クラーケで、公爵自身はそのことを知らなかったのだ。独裁をめざしていたカルヌウムは、その低級な目標を達成するため、かの地下組織を利用したこともかつてあったのだが。

ツァペルロウが第一艦隊ネストで落命したのち、グーとカルヌウムの対立が生じた。カルヌウムにとり、機は熟したということ……とくに、グーが暗殺未遂事件で致命傷を負ってから。カルヌウムは重傷のグーに向けたさらなる襲撃をもくろんだが、これは失敗に終わった。

やがて、スプーディ船《ソル》がクランに到着する。船内では、ベッチデ人サーフォ・マラガンと船載ポジトロニクスのセネカが不気味な同盟関係を結んでいた。マラガンは、賢人自身がそうであったように、スプーディ塊に連結されていたのだ。セネカはマラガンを〝わが被造物〟と呼び、大宇宙を支配した気になっていた。

アトランはこの災厄を見すごすことなく介入し、セネカに理性をとりもどさせた。そののち、いがみあう二公爵を水宮殿に呼びよせたのである。賢人の役をつとめるあいだ、自分の身体活動が一時停止していたことは知っていた。意識はめざめながらも、からだは深層睡眠状態にあったのだ。それが覚醒したのは、迫りくる危機に対して極度に集中したせいだろう。

賢人の役目は終わった。クラン人がつくりあげた大帝国は、〝それ〟の力の集合体征服をもくろむセト＝アポフィスが見わたせないほどの規模だ。両超越知性体のあいだには、セト＝アポフィスも政治的勢力の空白地帯と認めざるをえない〝リンボ〟があり、そこに注目すべき文明が設立されたのである。これがコスモクラートの計画だった。今後はクラン人とその同盟種族にとり、スプーディはもう必要ない。公国拡大によって培《つちか》われた独自の原動力が、これからもつづいていくだろう。クラン文明は人工的刺激剤がなくとも発展できる段階にはいった。こうした状況をみるに、アルコン人がクランドホルの賢人をやめてアトランにもどったのは、しごく当然のこと。次なる使命が待っているのだ。公国の危機は、〝それ〟とセト＝アポフィスの対立があらたな局面にはいったことを意味する。

朝の七時になり、ようやく眠気がきざしてきた。オルバンはあくびをしながら考える。はるか彼方の惑星テラよ、知っているか？　わたしがここヴェイクオスト銀河で、いかなる英雄的行為にとりくんでいるか。いかに心を砕き、多くの種族を包括する力の集合体を守ろうとしているか。そのなかには人類もふくまれるのだが。

ペリー・ローダン……テラの蛮人よ。きみもまた、なにか気づいているのだろうか？

＊

ラジオカムのしつこいブザー音に眠りを破られた。窓にかかった穴だらけの布を通して、鈍い光がさしこんでくる。ノースタウンのこのあたりは、きょうは曇っている。

オルバンは寝心地の悪い寝台から起きあがり、部屋を横切って、わめきたてる装置の受信キイを押した。

「よく眠れたか？」からかうような声がする。

スクリーンを見ると、シンボルが光っているだけだ。会話相手は顔を見られたくないらしい。

「まあね」と、あくびをしつつ、応じた。「わたしの睡眠を気づかってくれるありがたいお人は、どこのどなたかな？」

「浮浪者にしては、ずいぶん品のいい話し方をするな」という声には、まぎれもない不信感が感じられる。

「浮浪者だと！」オルバンはいきりたち、「故郷惑星に住んでいたころのわたしを見たことがないだろう。あのいまいましい賢人をクラン人に押しつけられる前は、教師だったのだぞ！」

そういいながら、ひそかに決意した。今後はいまの身なりにふさわしい言葉づかいを心がけねば。

「ゆうべ会った者だ。十八番飲食ホールのことを思いだせばわかるだろう」と、通信相手がさっきの問いに答える。

「友よ。わたしになにか思いだせという前に、そっちの事情をすこしは話してもらいたいもの」

「用心深いな」見えない相手は揶揄《やゆ》するように、「われわれの組織では、それは悪いことじゃない。ひと言だけいう。壊し屋だ！」

アトランは十秒の間をおいてから、答えた。

「どういうことかね？」

「壊し屋と仕事するチャンスをやるってことだ」しだいに声にいらだちがまじってくる。

「あんたが本当に飲食ホールの外で会った者だといいはるなら、ゆうべわたしの手になにを握らせたか、いってもらおう」

「金さ」

「いくらだ？」

「わからない。ポケットからつかみだしただけで……」

「金持ちってのはこれだ。こっちは腹をすかして死にそうだというのに、あんたらは自分がいくら持ち歩いているかも知らない」オルバンはぶつぶついうと、声を出してあくびをし、「ま、いい。ぜんぶで二タルデ八ジョルドと六ビルトだ。なにをすればいいのかね？」

「いまから集合地点をいう」相手は場所と時間を告げると、「くるものと思っているからな」

「行けばもっともらえるんだろうが」アトランは声を低めた。「行かなければ、わたしはどうなる？」

「おだぶつさ。われわれが姿を明らかにしたからには、ふたつにひとつだ。兄弟団に協力するか、あるいは消されるか」

スクリーンが暗くなった。

*

告げられた場所は水宮殿の南西八十キロメートルにあった。約束した時間はノースタウンのどこにいても日没から一時間後だから、なにか準備するための余裕はあと十五時間。集合地点までの距離は二千キロメートル以上ある。そのあいだ、見張られるのはまちがいない。兄弟団はここ数年のあいだに勢力範囲を拡大し、熟練者の組織となっていた。不用意な行動はできない。

時間になるとオルバンはもよりのマグネット軌道駅へ行き、南へ向かう次の特急列車を予約した。ゆうべヌギストからもらった金の三分の二を、これで使いはたした。列車の出発まであと十二分。パッケージされた小型食糧を買い、待合室のベンチで食べることにした。クラン人の体格にあわせたベンチなので、苦労してよじのぼらなければならない。食べおえると、だれも見ていないのを確認して、からのパッケージに謎めいた符号を書き記し、ごみ箱に捨てる。やがて、列車に乗りこんだオルバンは、小人めいた生物がごみ箱を支え枠からはずしたのを見た。中身をかたづけるようなそぶりで、ひきずっていく。

からだが貧弱なクシルドシュク種族はクラン人に重要視されていない。日常の些末《さまつ》な仕事に、ロボットがわりに使われることも多かった。

ウルスクアル海まで一時間たらずの道のりだ。窓のない快適な列車はマグネット・レールに誘導され、振動ひとつなく、百分の一気圧に満たない地下道を進んでいく。現在速度……だいたい時速二千五百キロメートル……と、次の駅までの距離が、発光数字でしめされる。

ほかの乗客はみな、ぼろを着た男が高い特急列車に乗る金をどう工面したのだろうと考えているようだ。オルバンはその好奇の目を避けて、すみの座席にひっこんだ。ときどき、こっそりあたりを見まわす。だれかに監視されているはずだ。この乗客のなかに、兄弟団の見張りがひとりはいるにちがいない。だが、特定できなかった。

兄弟団はこの数週間のあいだに、禁断の秘密結社から一目おかれる組織へと成長していた。かれらは賢人の排除を訴え、公爵カルヌウムが同じ要求を持ちだすと、ただちに賛同したもの。そのことをクランの国民は忘れておらず、《ソル》到着後の数日間は、ますます多くのグループが兄弟団のスローガンに共鳴することになった。なかでも支持されたのが、〝グランドホル公国をみずからの手で統治すべし〟というものだ。もう兄弟団を迫害する者はいない。かれらは堂々と集会を開き、示威活動をはじめた。兄弟団メンバーであることが、いきなり名誉とみなされるようになったのである。

目下、三頭政治をになうべき唯一の存在である公爵カルヌウムは、あらたな時代の到来を種族に約束した。詳細については明らかにしていないが、カルヌウムが重視したのは、自分が公爵グーの同意を得て独自見解に達したと確信したこと……兄弟団の圧力に屈してではなく。

　こうして兄弟団は、長いあいだ声高《こわだか》に叫びつづけたのち、思いがけない利得を手にしたわけだ。本来ならそこで姿を消すか、目標を失って解散していたかもしれない。だが、現実はそのどちらでもなかった。クランはもちろん、ウルスフ、アパルド、レヴォル、ドゥヴァスクといったほかの惑星でも、団の各組織が突如として新しい要求をかかげはじめた。すなわち〝兄弟団を政治に参加させよ！〟である。ゆうべ、カルヌウムと兄弟団の代表者がそうした内容の交渉をするのを、アトランは自分の目で確認した。その話しあいの経過でおのずとわかったが、兄弟団には確固たるイメージがあるわけではなく、交渉によって時間を稼いでいる。

　いきなり世間の注目を浴びた地下組織が、全権を得ずして満足するはずはない。かれらの目的は政治参加でなく……支配だ！　とはいえ、こんな要求をそのまま国民に伝えれば、苦労して手にいれた名声がたちまち霧消してしまう。そこで時間稼ぎをしているわけだ。

　その時間をなにに使うのか？　自分たちが星間帝国の権力の座につく準備をしているのだ！　まちがいない。だからこそ、アトランはいま、南へ向かう特急列車に乗っているのである。

　公国の諜報員や報道関係者が知恵を絞って執拗に調べまわったものの、兄弟団幹部にどういうメンバーがいるかは、まだ判明していなかった。本部拠点の場所はいうまでもない……噂ではサウスタウンにあり、公国行政府にも近いらしいという話だが、あくまで憶測だ。唯一、何度か名前を耳にしたのは、壊し屋の通称で知られるメンバーである。組織の計画遂行者だというが、はたして最高幹部かどうかはわからない。オルバンに扮したアトランは、そのあたりを探るつもりでいた。

＊

　途中の駅で降りて、べつの列車に乗りかえ、そこからさらに二百キロメートル進む。目的地に到着し、斜路を使って地面におりたつと、暖かく湿った空気がまとわりついてきた。潮の香りがする。海が近いのだ。ウルスクアル海は惑星の赤道をベルトのようにとりまき、クランの陸地を、ちいさいほうの南大陸エルゴと大きいほうの北大陸サルガヴェルに分けている。エルゴもサルガヴェルも九割以上が都市化されていた。つまりクランは、惑星全土にひろがる二大都市で構成されているということ。

　約束の時間まで、あと一時間ほどある。沈みゆく恒星が空をオレンジとグリーンとすみれ色に染めていた。ひろい道路の上に最初の明かりがともる。道の両側にならぶ建物はどれも階段状のピラミッド形だが、角のかたちも不規則なら高さもまちまちだ。クラン人建築家の基本方針によって、建物の屋根には透明な材質が使われている。室内の照明が外まであふれ、街灯にさらなる明るさがくわわっていた。ピラミッドにはデパートあり、商店あり、レストランあり。人の行き来も活発である。コンピュータ経由での購入を好まない裕福なクラン人がここで買い物するのだ。汚い格好のオルバンは通行人から何度もうさんくさい目で見られた。

パンチュは問題なくついてきているだろう。ほかの移動手段も使えたはずだ……たとえば、転送機とか。オルバン自身は、疑念を呼ぶとまずいので使わなかったが。クシルドシュクはどこか近くにいるにちがいない。

途中で曲がり、側道にはいった。とたんに景色がみすぼらしくなる。メインストリートからはなれると、たちまち街灯の数は減り、歩行者の服装も貧乏くさい。宇宙の発展からとりのこされた辺境にあるクランは、数百年のあいだ、素朴な人々が住む眠れる惑星だったのだ。やがて、めざましいほど拡大し、ふたつの都市は爆発的発展を遂げた。建物がやたらに、まるで癌がひろがるごとく増えていき、惑星上のあらゆる地域に〝転移〟した。新築したほうが儲かると判断された土地では古い建物はとりこわされたが、そうでない場所は以前のまま。その結果、都市計画者にとっての悪夢が生まれた。豪華でモダンな店や住居地区のなかに、スラム街がわかちがたく織りこまれることになったのである。

オルバンはついに教えられた場所にある建物を見つけた。荒れほうだいの庭に建つそのピラミッドは、高さ八メートルもない。ノースタウンの建物と比べると小人の住まいで、透明屋根はちいさすぎる頭巾がのったような印象だ。ガラスの向こうに明かりがぼんやり見える。あそこに部屋があるのか。だれかが自分を待っているのだろうか。

用心深く周囲をまわってみる。ネズミに似た齧歯類《げっしるい》がきいきい声をたて、逃げていった。一周してみたが、住人のシュプールは見つからない。

どうしたものかと思い、照明の暗い道路近くに立っていると、物音がした。ピラミッドの下部から聞こえてくる。と、そこに開口部が生じ、浮遊機が滑りでてきた。開口部がふたたび閉まり、乗り物はオルバンのそばにとまった。ハッチが開く。

「乗れ」暗い機内から声がした。

前の晩に聞いた声にちがいない。

「なぜだ？　どこへ行く？」と、不信感に満ちてたずねる。

「伝えたはずだ」

開いたハッチから浮遊機に飛び乗ったその瞬間、オルバンは思った。武器を持ってくればよかった、と。

3

浮遊機は高架道にそって数キロメートル飛行し、明かりまばゆい町を通過していった。右手を見ると、光の絨毯のなかに黒い帯があらわれる。ウルスクアル海だ。東に向かっている、と、オルバンは思った。

会話はない。乗っているのはオルバンのほか三名、全員クラン人だ。ひとりは前の操縦席、ひとりはオルバンの隣り、三人めは後部の貨物用プラットフォームにすわっている。オルバンはいくつか質問を口にしたが、返事がないのであきらめた。

十五分もしないうちに、機は真っ暗な空き地に向けて降下しはじめた。機首の投光照明が小高い山を照らしだす。その土台になっているのは、新しい建設物のためにとりこわされた建物の残骸だ。山には浮遊機が数機とまっており、オルバンの乗った機もそこに着陸した。投光照明が消える。オルバンはだれかに肩をつかまれ、ハッチを出て山に立った。建物はずいぶん前にとりこわされたにちがいない。その瓦礫《がれき》の上に、やがて灌《かん》木《ぼく》が数本、根をはったのだろう。

地面がいきなり急傾斜になり、オルバンは足を滑らせた。同行者につかまれてなかったら、転落していただろう。見あげると、高くそびえるクレーター壁があった。壁は周囲を冠状にとりまき、白く光る町の明かりを背景にして浮かびあがっている。進むうち、やがて自分たちの足音が高く響くのが聞こえ、閉じた通廊を歩いているとわかった。前方に明かりが見える。オルバンはどこかの部屋に押しこまれた。クラン人四人がすりきれたクッションにすわり、こちらを油断なく見つめている。さっき見た明かりはこの部屋の天井照明だが、いまにも消えそうだ。

「この男は問題ない」と、オルバンを連れてきたクラン人がうしろでいった。「何者も背後にいないようだ」

肩をつかんでいた手がゆるみ、足音が暗い通廊に去っていく。あとの同行者ふたりはどこへ行ったのか。おそらく外で見張りをしているのだろう。

「すわれ」と、ひとりのクラン人がいった。

オルバンはあいたクッションに腰をおろした。おんぼろランプの明かりのもと、こちらを凝視する四人のなかに知った顔はない。全員これという特徴のない、平均的なクラン人だ。

「このなかに壊し屋はいるかね？」と、オルバン。

先ほど口をきいたクラン人が冷笑を浮かべて、

「壊し屋になんの用だ？　かれの顔を目に焼きつけてこいと、だれかにいわれて送りこまれたのか？」

「だれに送りこまれたわけでもない」オルバンは不機嫌に答えた。「連れてこられたんだ。壊し屋に会えるといわれて」

「会えるかもな。おまえが今夜の作戦でいい働きをしたら、もっと仕事をやろう」

「金もだな？」

「金もだ」相手はきっぱりいうと、「作戦を説明する」

＊

かんたんな作戦だ、きっとうまくいく……突撃隊の代表者が良心の呵責《かしゃく》なくそう説明するあいだ、オルバンの背中に冷たいものがはしった。代表者の名前はダムボルとわかったが、あとの三人は名乗らない。

「もう一度、確認するぞ」と、ダムボルが、「重武装の浮遊機が水宮殿を南側から襲撃する。固化した水の壁を集中的に狙って損害をあたえれば、賢人の従者たちの不安をあおれるだろう。そこでおまえの登場だ。西側にある正面扉の前に行き、なかにいれろと要求するんだ。自分が襲撃者を追いはらう、と、いってな。扉が開いたら、われわれが配置につく。で……」

足音が聞こえ、ダムボルは顔をあげた。暗い通廊からあらわれた長身の一クラン人が出入口に立っている。

「外で物音がした」と、クラン人。「だれもいるはずはないのだが。調べてくるから、しずかにしていろ」

オルバンは思わず心のなかで祈った。気をつけろよ、パンチュ！　長身のクラン人が向きを変えて去る。この男は作戦のなかでどういう位置づけなのだろう、と、オルバンは自問した。自信満々で、指導者のような雰囲気だが。

「いまのはだれだ？」と、小声で訊いてみる。

「口をきくな！」ダムボルがささやいた。

五分後、長身の男はもどってきた。

「動物だったようだ。もう音はしない。つづけていいぞ！」

オルバンはふたたびダムボルから詳細を聞かされた。作戦開始は真夜中の一時間前だという。オルバンはすべて了解の意思表示をし、つけくわえた。

「なにか問題が起きたら、コヌクを呼べばいいのだな。コヌクがうまく処理してくれる、と」

「おまえはとにかく正面扉を開けさせろ」ダムボルはそういうと、「じゃ、いまから出発だ」

オルバンは驚いてクロノグラフを見る。

「こんなに早く？」

「ここもいつまで安全かわからないからな」

一行はオルバンを先頭に、外へ出て瓦礫のクレーター壁をよじのぼった。てっぺんまでくると、オルバンは反対側の出っぱりに視線をはしらせる。付近にある藪の枝が動くのが見えた。

「行くぞ」と、オルバン。

一浮遊機が投光照明をつけている。オルバンはそちらへ進む途中、藪の近くでつまずいてみせた。

「こいつ、ちくしょう！」と、声をあげて藪のなかに転がり、身をひそめる。

灌木の茂みにとどかないほどちいさな姿が、すぐ目の前にいた。急いだようすでなにごとかささやき、最後にこう結ぶ。

「あなたが告げられた時刻はでたらめです。かれら、もっと早く攻撃に出ますよ」

オルバンはそれを聞いたのち、両手両足を振りまわして〝しっ！〟といった。ちいさな姿は怒ったような鳴き声をあげて茂みをはなれ、埃っぽい斜面をあわてて逃げていく。

ダムボルとその仲間がやってきて、オルバンを助けおこした。

「いまいましいやつめ」と、オルバン。

「なんだったんだ？」ダムボルが訊く。

「犬だよ！　茂みから飛びだしてきて、脚に嚙みついた……」

「犬とは？」

「動物さ。わが故郷惑星には数百万匹もいる」

「クランにそんな動物がいるなんて聞いたことがないな」だれかがつぶやいた。

「大丈夫か？」と、ダムボル。

「たいしたことはない。かすり傷だ」オルバンは答えた。
＊

操縦席についたのは、さっき会話を中断させた自信満々のクラン人だ。ダムボルはオルバンの隣りにすわった。

「動物の足跡を調べたんだが」パイロットが会話をはじめた。「大きいとはいえ、くぼみは深くなかった。たぶんテッコだろう」

「なんでテッコがこのあたりをうろつくんだ？」と、ダムボル。

「やつら、なんでも食うからな。どぶネズミとか。それに夜行性だし」

ダムボルはまだ怪しんでいるようだが、パイロットのほうは気にしていないらしい。オルバンはふたりの声の調子からそう思った。

浮遊機は赤と黄色のランプに縁どられた高架道のひとつに近づいた。グリーンに光る線がのび、外から合流するための地点をしめしている。パイロットの腕はたしかだった。いともたやすく機を操り、数分後には、通信誘導された高架道を時速六百キロメートル超の速度で疾駆していた。

なにを見張るべきか、オルバンは承知している。この方向からだと、きらびやかに光り輝く水宮殿はダロス上空に浮かぶ《ソル》の巨体にかくれて見えない。暗闇のなか、ポジションライトに縁どられた遠距離宇宙船の輪郭が浮かびあがっていた。広大なデーメ・ダント平原中央の上空には、同期して動く巨大な衛星反射鏡の一群がある。浮遊機が進むにつれ、鈍く光る《ソル》の鋼製外被がはっきり見えてきた。すこし前まで、クラン第一艦隊所属の三百隻がスプーディ船の上、つまり惑星大気圏の外側に展開していたのだが、いまは公爵カルヌウムが撤退させている。

「わたしに出まかせをいうのはやめるんだな」オルバンは口を開いた。

「なにが出まかせだと？」パイロットが険しい声で訊く。

「真夜中の一時間前に作戦開始といったことさ。あんたらの意図はお見通しだ。四時間もずっと、水宮殿の前でようすをうかがうつもりか？」

パイロットはおもしろがるように舌を鳴らし、

「われわれ、用心深いのだ。悪く思わないでくれ」

つまり、かれが案じたのはテッコとまちがえた動物の一件ではなく、そのことだったのか！　オルバンは思った。わたしが襲撃のことをだれかに洩らす恐れも否定できないため、嘘の時刻を告げておけば安心と考えたのだ。

「よけいなことはしなくていい」オルバンはむっつりといった。「わたしはあんたらの作戦とやらに興味はない。だいじなのは金だけだ」

＊

晴れた夜空を切り裂いて光がはしる。轟音《ごうおん》が響き、ダロスの広大な表面と巨大宇宙船を揺るがした。

「きたな。あれが作戦開始の合図だ」パイロットがいう。

浮遊機は水宮殿の西側の壁めざして突進した。異質な輝きを見せる建物の壁は、固化され着色された大量の水でできている。オルバンはまっすぐ前を凝視した。ダロスにはだれもいない。上の《ソル》にだれかがいて、偶然に目を向けなければ、ここでなにが起きているかわかるまい。

南の空が絶え間なく光った。浮遊機は鋭いカーブを描いて旋回し、大正面扉のすぐ前に着陸する。パイロットが開いたハッチから跳びおり、オルバンもつづいた。ダムボルを見ると、前部座席の背もたれをこえて操縦コンソールのところにもぐりこんでいる。

パイロットのほうは走りながらベルトからハンマーをとりだし、建物正面に到達すると、重い鋼製扉をたたいた。鈍い音があたりに響きわたる。クラン人はあいたほうの手でいらだちのしぐさを見せた。

「開けろ!」オルバンは力のかぎり叫んだ。「扉を開けるのだ……賢人の名においてて!」

上のほうでスピーカーのスイッチがはいり、

「そこにいるのはだれだ?」と、クランドホル語で呼びかける声がする。

パイロットはわきにしりぞいた。そんなことをしても意味がない、と、オルバンは思う。カメラの設置場所はわかっているから。乗ってきた浮遊機を見ると、操縦席にダムボルがいた。あとの機は《ソル》のかげで待機している。正面扉が開いたらすぐに、パイロットがかれらを呼びよせるのだろう。

「オルバンだ!」と、大声で答えた。「早く開けろ。宮殿が南から襲撃されるぞ!」

「知っている。それがきみに、なんの関係があるのだ?」

「わたしには反撃のやり方がわかるんだ。それを教えよう!」

オルバンは耳をすましてみた。なにか音が……いや、なにも聞こえない! 轟音はやんでいた。夜のいつわりの明るさを引き裂く光も、もう見えなかった。

「くそ!」と、パイロットがささやく。「これじゃ早すぎる……」

正面扉に生じた細い隙間がすぐにひろがった。闇のなか、大玄関ホールがあらわれる。白い衣服姿の賢人の従者がひとり、こちらに歩みよってきて、

「忠告に感謝する、オルバン。でも、すでに聞いたと思うが、もう危険は……きみはだれだ？」

最後の質問はパイロットに向けられていた。この瞬間、かくれ場から飛びだしてきたのだ。手にはハンマーでなくブラスターを握って。

「しずかにしろ……動くな！」と、脅しにかかる。

賢人の従者は驚いて両手をわきにのばし、無抵抗の意思表示をした。パイロットは暗いホールに数歩踏みこみ、正面扉のほうに向きなおると、待機中の浮遊機に合図を送った。

強力なビームがひらめき、ホールは突如として真昼の明るさにつつまれた。パイロットがくぐもった叫び声をあげ、よろめく。奥のほうから、青い制服に身をつつんだクランの防衛隊が押しよせてきた。

「逃げないと！」オルバンは歯嚙みした。

おろか者め、攻撃が早すぎるではないか！　そう苦々しく考え、ぐずぐずしているパイロットのベルトをつかむと、ひっぱっていく。

「これじゃ、あまりに多勢だ！」と、あえぎながら。

明るいうなり音が空気を引き裂く。オルバンは鈍い衝撃を感じ、意識の底まで揺るがされた。ホールの床が恐ろしい勢いで目の前に迫ってくるのが見える。

だが、床に転倒したときは、すでに気を失っていた。

*

横たわったまま、耳をすました。周囲の声が聞こえる。クランドホル語の会話だ。

「最大出力で撃たれたらしい」と、ひとりがいっている。「とはいえ、そうとう頑丈な男だ。あと四、五時間もすれば起きあがれるだろう」

「回復プロセスを速めることはできるか？」と、べつの声。ダムボルらしい。

「クラン人なら可能だし、場合によってはターツやプロドハイマー＝フェンケンでも大丈夫だが、賢人の従者が相手じゃやりたくないな」

ダムボルはしばらく沈黙したのち、こういった。

「わかった。もう行っていい」

足音につづき、ドアの閉まるかすかな音が聞こえたのち、静寂がひろがった。オルバンはそっと目を開けてみた。えらく大きなベッドに寝かされていて、思わずびっくりする。クラン人用につくられた調度類には相いかわらず慣れることがない。ベッドは天井の高い、クラン人流にいえば快適な部屋のまんなかに置かれていた。窓はない。ここは地下、あるいはピラミッドの内部だろう。

どうやってここに連れてこられたのか。パラライザーが命中し、即座に意識を失って倒れたわけだが、オルバンの、いうなれば〝安全を確保できる〟立場にいたのはパイロットだけだ。思いがけない展開である。作戦失敗のおりには、あっさり置きざりにされるものと覚悟していたのだが。兄弟団はなにか恐れているのか？　こちらが知っているのは偽名と思われるふたつの名前だけだし、瓦礫のなかにある秘密の集合場所も、どのみち二度と使用されないはず。パイロットはなんのために、わざわざわたしをここまで運んだのだろう？

その動機がなんであれ、貧者の仮面をつけた男にとっては好都合だった。オルバンの望みは、この作戦で壊し屋と知りあい、その人となりをよく知って悪行を思いとどまらせることだ。その望みはまだ叶《かな》っていない。目標達成のためには、兄弟団との関係を維持する必要がある。そのチャンスをパイロットは提供してくれたということ。

とはいえ、事態はそう単純ではなかった。自分は単独行動しているわけではない。テルトラスに連絡し、《ソル》ともコンタクトする必要がある。ここにひそんだまま、兄弟団の次の仕事あっせんを待ってはいられない。怪しまれずに出ていかねば。

いいことがひとつあった。パラライザーの影響は、医学知識を持つダムボルの仲間が考えたよりもずっとちいさかったのだ。細胞活性装置のおかげで、神経の麻痺は急速に回復していた。だが、まだ麻痺の影響下にあると兄弟団メンバーが思いこんでいるあいだは、だれもこちらを気にとめはしまい。周囲を観察し、計画を練る余裕ができたわけだ。

ところが、はたしてその考えが正しかったのかどうか、疑うことになってしまった。しばらくしてドアが開き、またダムボルがはいってきたのだ。オルバンは身をこわばらせ、目を閉じようとしたが、まにあわなかった。

「気がついたのか」と、ダムボルが驚きと安堵の混じった声を出す。

オルバンはからだを動かさず、かすかにまばたきしてみせた。

「そうか。気がついたけど、まだ動けないのか。あと四、五時間もすれば起きあがれると医師はいっていた。おまえ、幸運だったな。パイロットが安全を確保し、わたしの乗る浮遊機も近くにいた。最後にはパイロットも倒されてしまい、わたしがふたりとも機にひっぱりこむはめになったが」

ダムボルはオルバンの目に不安を読みとったらしく、こうつづけた。

「いや、全員ぶじだから大丈夫だ。パイロットはおまえと同じくパラライザーでやられた。信じられないよ、かれはまだ意識がもどらないのに、おまえはとにかく目を開けてるんだから」クラン人は考えこむようにオルバンを見て、「パイロットがおまえを苦労して助けたのには驚いた。おまえが気にいったらしいな。かれと行動をともにしたら、ひとかどの男になれるぞ」

ダムボルがふたたび出ていったあと、オルバンはその言葉をずっと反芻《はんすう》していた。それからベッドをおり、動けることをたしかめたのち、行動に出る。

＊

ドアは鍵がかかっていなかった。弱く照明された通廊に出ると、右のつきあたりにちいさな窓があった。オルバンはそこまで行き、外をうかがった。無数の明かりが輝いていて、星々は見えない。空を見れば現在位置がわかったかもしれないのだが。

真夜中まであと一時間半。しかし、この時間経過も現在位置を知るヒントにはならない。クランでは適切な手段を使ったなら、別地点までの移動に二時間以上かかることはないからだ……転送機網を考慮にいれなくとも。転送機の使用はまだ特権階級の人々にかぎられている。

通廊の両側にはドアがいくつかあった。ひとつずつ近づき、疑わしい音がしないか耳をすましてみる。どこも不気味なほどしずかだ。用心しながら通廊のはしまで行き、明るく照らされた反重力シャフトを見つけた。のぞきこむと、下のほうからざわめきが聞こえてくる。脱出口としては使えない。オルバンはあらためて通廊を調べた。声が聞こえてきたシャフトのみが、この建物内にある縦方向の出入口とは考えられない。多数あるドアのどれかの向こうに、第二のシャフトか斜路か階段の類《たぐ》いがあるはず。かたっぱしから開けてたしかめるしかない。

　オルバンはすばやく決然と動いた。ときおり立ちどまり、耳をすます。さして不安はなかった。万一、ダムボルがもどってきても、予想より早く麻痺から回復したのでためしに周囲を見まわっていた、といえばすむことだ。各種の贅沢品がしつらえてある無人の部屋をいくつか見たのち、六番めのドアを開けようとした瞬間、うしろで物音が聞こえた。

　振り向いたオルバンは、虚無から実体化したような細長い姿を声もなく見つめた。左右の幅のせまい有柄眼が前方にのび、こちらを注意深くうかがっている。奇妙な生物の頭蓋はでこぼこしていて、そのくぼみが速いリズムで変色した。

「チャクタル！　どこからきたのだ？」

　チャクタルは警告するように、口にあたる顎袋に手をあてた。オルバンはアイ人の明滅信号に集中。

〈あなたが連れていかれた場所をつきとめ、追ってきました。なにかメッセージはありますか？〉

「ここから出たい！」と、オルバン。「きみがきた道を教えてくれ！」

〈ここにとどまったほうがいいのでは？〉と、明滅信号が訊いてくる。

チャクタルが慎重に状況を分析したのは明らかだだが、オルバンはかぶりを振った。

「いや、カルヌウムに連絡せねばならん。兄弟団が疑念をいだくことのないよう、あとからどうにかできるだろう」

アイ人は向きを変え、ドアを開ける。その奥に、反重力シャフトの入口につながるみじかい通廊があった。ふたりで円形の小型プラットフォームに乗り、下降していくあいだ、オルバンは計画の一部をチャクタルに話して聞かせた。シャフトの終点は浮遊機が数機ある広大な地下駐機場で、そこから地上につづく斜路をのぼっていくと、木々にかこまれたひろい道路に出た。浮遊ランプがあたりをかすかに照らしている。両側にある低いピラミッドは植物の繁茂する庭にかこまれていた。兄弟団のかくれ場があるのは、最貧困地区ではなかったということ。

チャクタルのグライダーは通りをいくつか隔てた公共駐機場にとめてあった。

「拠点となる宿舎がもうひとつ必要だ」オルバンは最後にそういい、「みすぼらしくない一戸建ての住まいなら、いちばんいい。オルバンが金持ちに変身するのだからな。転送機も用意してくれ……外部から到達可能な補助ルートがひとつ、別個についたのを。ちなみに、そのルートはわたしがいままで住んでいた部屋につながるものだ。よろしいか？」

チャクタルは了解の明滅信号を送った。

「賃貸情報については細工をたのむ。部外者には、わたしがその住まいを十日前に借りていたように思わせてほしい。すべての準備を二時間以内に完了するのだ。協力者を使え。すべて計画どおりに進めることが肝要だ。できるか？」

アイ人はいとも平静に肯定のしぐさをし、明滅信号でつけくわえた。

〈いままでの部屋に新しい住まいの見取図を置いておきます。勝手がわからないようだと、申しわけないので〉

オルバンは感嘆の念をこめてチャクタルを見ると、

「なにもかも考えているのだな、友よ」

数分後、グライダーは飛びたった。チャクタルはもよりの転送機ステーション近くでオルバンを降ろすと、大仕事にとりかかるため、すぐさまその場をあとにした。

4

「あなたからの連絡を待っていましたが、まさか本人がくるとは」と、カルヌウムがいった。

「計画をみずから説明しようと思ってな」アトランは答えた。今回はみすぼらしいオルバンの格好で公爵の広間に登場している。「だがその前に、訊きたいことがある。水宮殿での防衛隊の出動を指揮したのはだれだ？　攻撃開始が早すぎたうえに、撃つ相手をまちがえたではないか。兄弟団を相手にするにあたり、こうしたミスはあってはならない」

アトランの視線は、とほうにくれてこちらを見ているウェイクサから、シスカルへとうつった。クラン人老女は目に奇妙な光を宿し、口をゆがめて皮肉な表情をつくった。

「そうですか？」と、防衛隊長。「すべてうまくいったと、わたしは思っていましたが」

「きみの指揮か？」アトランはそういったが、シスカルの態度に不審をおぼえた。わたしの見こみちがいだったか？　この防衛隊長が素人くさいミスをおかすはずはないのだが。「防衛隊の攻撃が予定より早かったせいで、ひとりの兄弟団メンバーも捕らえられなかったのだぞ」

「だれを捕らえるつもりでした？」シスカルがなにげなく訊く。

「むろん、壊し屋だ」

「そうです。しかし、もし壊し屋があの場にいたなら、クシルドシュクがあなたからひと言、それらしきヒントをうけとっていたはず。わたしはパンチュの報告を聞いて、壊し屋はあの作戦に関与していないと確信しました。さて、どうするか？　われわれ、今夜は目的を遂げられない。となると、あなたが兄弟団のもとにとどまれるようにしなければなりません。そこで、防衛隊に予定より早い攻撃命令を出し、まずあなたを麻痺させるよう指示しました。襲撃者があなたをかくれ場に連れていくと推測したのです。どうです、推測どおりだったでしょう」シスカルはそういうと、おもしろがるようにアトランを見た。

「すまんな。きみが戦略の天才であることを見くびっていた」アルコン人の謙遜には皮肉な響きがある。「ただ、パラライザーを最大出力で見舞われる場合は、次回から前もって警告してもらえるとありがたい」

「次回があるなら、そうしましょう」クラン人老女は平然と応じた。やんわり非難されたことにも動じず、「ところで、まだ話につづきがあるのです。わたしは安全を考えて、アイ人を送りだしました。あなたがどこに連れていかれたか情報を得るために」

「きみが……」

「あなたと同行者が水宮殿に向かったさい」シスカルはアトランの言葉をさえぎり、「兄弟団の浮遊機が一機、はなれたところにとめてありました。おそらく後方援護のためでしょう。乗員は二名のみ。チャクタルはそこに近づいた。かれの能力はご存じですね。乗員はなすすべなく、どこにかくれ場があるか、どうやれば容易に侵入できるか、アイ人にすべて洩らすしかなかったというわけです」

「なんと危険な!」アルコン人は思わずいった。

「成功確率は八十三パーセント」シスカルは冷静だ。「シミュレーションによる算出結果です。わたしはこうしたケースで感覚にたよることはしません。兄弟団のふたりはなにもおぼえていませんよ。チャクタルがかれらの記憶を後ヒュプノ性の〝栓〟で封印しましたから」

アトランはなにもいわず、つくりもののあばたがある顔にかすかな笑みを浮かべた。

やがて、こういう。

「わたしがクランを去るさいには、公爵に進言してきみの記念碑を建てさせよう」

防衛隊長はため息をつき、

「固辞するいわれはないでしょうね」と、応じた。

「われわれ、この場からなにもかも慎重かつ巧みにことを進めたのです」カルヌウムが口をはさんできた。「それでも、まさかあなたがこれほど早くもどってくるとは思っていませんでした。さて、あなたの計画とやらを聞かせてもらえますかな？」

アルコン人の顔には笑みがはりついたままだ。カルヌウムの本音はよくわかる。〝こっちでうまくやったのに、あなたがもどってきたら、すべてぶちこわしですよ〟と、いいたいのだ。

「わたしはあらたな役を演じることにした」と、アトラン。「詳細はこうだ……」

二十分間、作戦についての説明を聞かされたカルヌウムは、たずねた。

「それで本当にうまくいくと思うのですか？」

「われらが見習うべきシスカルとちがって、シミュレーションは実施していないが、それでも確信している。成功の見こみは五十パーセント以上だ」

＊

転送機の補助ルートというのは、利用者がその転送機の到達距離内にいれば、どこからでもアクセス可能だ。その場で受け入れ先をプログラミングすることができ、転送が終われば、プログラミングは自動的に消去される。これに対して通常ルートは、決まった受け入れ先の転送機とだけつながっている。

テルトラスを出たアトランは、みすぼらしい住居の寝室奥にある小部屋で実体にもどった。転送機の操作メカニズムをチェックする。記録されたデータから、転送機が最後に使われたのは三十時間以上前だとわかった。前の晩、かれ自身が公爵の広間からもどったさいの記録だ。

部屋を徹底的にチェックした結果、留守のあいだに何者かが侵入したシュプールを発見。自動キッチンわきのカウンターの上に、チャクタルが置いていった見取図もある。シュプールはアイ人がのこしたものだろうか。それとも、ここへきた者がほかにいたのか？

見取図を確認してみた。贅沢な新拠点は、ここから千七百キロメートルはなれたメルダリス地区の庭園内にある。ちいさなピラミッド建物で、地下一階、地上二階だ。図面を見れば部屋の配置がひと目でわかり、なんなく新居の詳細を把握することができた。チャクタルが図面のかたすみに、合意ずみの賃料を忘れずに書き記してある。その数字を見て、アトランは決めた。自分の〝仮想〟日常について相手に話すさいには、賢人の従者がどうやって金を稼いでいるか、不道徳なものもふくめてあれこれヴァリエーションを組みこもうと。

出入口を点検しても、不審者が押しいった形跡はなかった。錠前にも異状は見られない。もし実際に兄弟団のスパイが侵入したのだとすれば、卓越した錠前破りの腕の持ち主ということ。

あるいは、考えの道筋がまちがっているのか？　わたしがかくれ場を脱出したのは、すでに数時間前にダムボルの知るところとなったはず。兄弟団にとり、わが役目はもう不要となったのだろうか？　ここまでの苦労が水の泡なのか？

いや、それはありえない。パイロットがわたしを水宮殿から助けだしたのは、数時間後に跡形もなく去らせるためではあるまい。兄弟団にとり、賢人のもと従者というのはなにより得がたい協力者であるはずだ。

アトランは転送機のある小部屋にもどり、こんどは操作メカニズムでなく、エレクトロン測定装置をチェックした。なかに転送機を制御するマイクロ・コンピュータがあって、その動作を記録している。数分もたたずに、自分の感覚が正しかったとわかった。測定装置がアドレス記憶バンクへのアクセスを記録していたのだ。チャクタルが転送機の受け入れ先を新居につなぎかえたさい、通常ルートのアドレスが変更されたが、アクセス値はその後、ゼロにもどされるはず。つまり、チャクタルの〝あとに〟だれかが転送機をいじったということ……受け入れ先を知るために。

アトランは自信満々で結論をくだすと同時に、兄弟団の技量に舌を巻く思いだった。地区や通りの名前と番地までふくむ住所を転送機の目的地コードから解読するのは、けっしてかんたんな作業ではない。

＊

さほど転送痛を感じることもなく、明るく照明された部屋を見まわした。前の住居の質素な小部屋より大きく、空気は新鮮で快適なにおいがする。掃除したてなのだろう。

転送用の部屋から通廊に出る。ピラミッドと同じ幅のひろい通廊が建物をつらぬいていた。見取図によれば、ここは地上階だ。壁のアルコーヴに、二階へつながる反重力シャフトがある。二階の天井は例によって透明だ。アトランはちいさなプラットフォームに乗り、上に向かった。

ピラミッドのてっぺんはまだ暗い。東の空を見ると、ようやく夜が明けはじめたところだ。アルコーヴから出ると、エネルギー供給メカニズムがアトランの体重を感知して作動し、通廊の照明がついた。

と、目の前にクラン人がいた。いきなり明るくなっても動じるふうもなく、黄色い目を見開いてこちらを凝視している。貧者オルバンの仮面をかぶったアトランは、その視線を冷静にうけとめた。

「ずいぶん回復が速かったな、パイロット」と、口を開く。「兄弟団メンバーの訪問は予期していたが、きみがくるとは思わなかった」

「裏切り者！」クラン人は獰猛《どうもう》な犬さながら、荒々しく吠えるような大声をあげた。

オルバンは冷笑を浮かべ、

「きみには借りがある。わたしを水宮殿から助けだし、防衛隊から守ってくれた。きみが望むかたちで感謝をしめそうと思う。だが、笑止千万の告発は勘弁してもらいたい」

「われわれの作戦を洩らした者が、あんた以外にいると？」パイロットがわめいた。「水宮殿を南から攻撃すると見せかけたロボット浮遊機三機のうち、二機が失われた。防衛隊は正面扉が開くずっと前から待機していたのだ。われわれがくると知って！」

「いったいどうやって作戦を洩らすことができたというのだ」オルバンはいいかえす。「わたしがきみたちの襲撃計画を聞かされたのは、ぎりぎりになってだぞ。おまけに、ちがう時間を告げられた！」

「マイクロ通信機を持っていたんだろう！」

「きみたち全員が身につけている警報装置を鳴らさずに、そんなものを持ち歩けると思うのか？」オルバンは皮肉を飛ばした。「知らないとはいわせんぞ！」

パイロットのあわてた反応を見て、図星だとわかった。それでも相手はまだ納得しないらしく、

「貧しい浮浪者のふりをしたじゃないか」と、非難してくる。「金だけが目的のように思わせて……」

「ちなみに、まだもらっていないがな」オルバンはちゃかした。

「なのに、こんな豪勢なピラミッドに住んでいる。金持ちにしかできないことだ」

「それはこちらの問題だろう」オルバンは強い口調でいさめた。「みすぼらしい格好をするのも、こちらの勝手だ。実際、だいじなのは金だよ。蓄えもいつかはつきるのだから。それに、わたしが自分で貧しいといったことは一度もないぞ」

　クラン人は不審げなようすで、

「あんたの目的はなんだ？　なにを考えている？」

「説明しよう」と、オルバン。「その前に、きみがここでなにをするつもりだったか、話すのだ」

　パイロットはしばしためらったのち、話しだした。

「あんたが消えたとダムボルから聞き、医師にたのんで麻痺を回復させる薬をもらった。裏切り者を逃がすわけにはいかないからな。われわれ、あんたの前の家は知っていた。で、こっそり忍びこみ、転送機を見つけた」

「知っていたよ」オルバンはにやりとして、「アクセス値をゼロにもどすのを忘れただろう」

「わたしが目的地コードをメモして」クラン人はとりあわず、つづけた。「それを専門家が解読し、住所を割りだした。ここまで転送機できてもよかったんだが、アクセスしたことがばれるとまずいと思って」

　オルバンはうなずいた。賢人の従者がやるジェスチャーだ。

「きみたちが追ってくるのも、ここをつきとめるのも、こちらにはお見通しだった。それでもわたしはやってきたのだ……丸腰で。これをどう考える、パイロット？」

　クラン人は目を細めて、

「つまり……あんたは信用できる、ということだろうな」と、言葉をつまらせ、居心地悪そうに答えた。

*

　オルバンは満足した。相手をなかば納得させられたようだ。話をうまくつくりだして聞かせたなら、パイロットの不信感は完全に消えるだろう。チャクタルのしたことが兄弟団に気づかれなかったと知り、胸をなでおろす。万一を考えて、説明のつく弁解は用意しておいたが、使わなくてすむにこしたことはない。

　それにしても、このパイロットは妙だ。ゆうべとずいぶん印象がちがい、おちつきはないし、いらだったようすに見える。パラライザーの後遺症とも考えられるが、どうも解せない。

「ゆうべ、運よく作戦が成功したら、きみは水宮殿でなにをするつもりだった？」と、訊いてみる。

「命令を実行していた」

「どんな?」

「賢人が二度と使えないよう、宮殿をめちゃめちゃにしろという命令だ」

「兄弟団はテルトラスと関係正常化に向けた条件交渉をしながら、一方ではそのような暴挙に出るのか?」オルバンは驚く。

「われわれのしわざだと、おもてむきはわからなかったろう」パイロットはそういい、オルバンの視線を避けた。心の痛みをおぼえつつ自白しているような印象だ。「兄弟団は公然と襲撃事件を批判し、クランの急進派がつくるべつの地下組織に罪をなすりつけたはずだ。その組織から共同作業を呼びかけられたものの、われわれは憤慨し、断固として拒否した……と、そんな内容の書類を公表する予定だった」

「捏造《ねつぞう》書類か?」

「あたりまえだ」と、パイロットが応じる。

オルバンは黙ったまま、行ったりきたりしていたが、やがてクラン人の前に立ち、「だれに命令された?」と、詰問した。

クッションにうずくまっていたパイロットはオルバンを見あげ、「うっかりしゃべりすぎた」と、いう。「答えられない質問はやめてくれ。それより、あんたの話を聞かせてほしい」

＊

「よかろう」オルバンはうなずいた。「情けは人のためならず、というからな」

透明な部屋、ピラミッド建物、庭園を身ぶりでさししめし、

「貧者オルバンのこうした贅沢三昧《ぜいたくざんまい》に、きみは驚いている。だが、賢人のもと従者がきたない身なりをしていることのほうが、もっと驚きのはずだ。われわれ従者は水宮殿という閉鎖された場所に住み、賢人に生涯を捧げていると思われていた。賢人に近いごく一部の従者はそうかもしれない。だが、多くはその周辺にいて、自分たちの立場を利用するすべを知っているのだ。請願者たちが賢人のもとへ殺到したことはなかったか？　物質的・精神的困難からの脱出法を賢人に教わろうというクラン人が、数十万人いなかったか？　だが、賢人はなによりまずクランドホルの公爵に助言をあたえるために存在するのであり、個人的な願いを叶えるのは最後なのだよ。

〝あなたの願いがあす叶うよう、賢人にとりはからう〟……この言葉を聞いたとたん、請願者はポケットのタルデ硬貨をじゃらじゃら鳴らしだす。信じられるかね？　そんな言葉を吐く不実な従者が冒すリスクは？　皆無だ。とりはからうといっただけで、賢人がそれを叶えるとはいっていないのだから。だいいち、従者が約束を守ったかどうか、

請願者が知るすべはないだろう？　ひょっとしたら、従者は賢人に願いを伝えることすら、していないかもしれない！　それでも、ほとんどなにもせず……あるいは、なにかしようと口でいうだけで……かなりの見返りを手にできるわけだ」

オルバンはふたたび、身ぶりで周囲のすべてをさししめし、

「わたしには金がある。この建物も手にいれた。とはいえ、家は必要ない。目的を達成したなら、クランにとどまるつもりはないから」

「どこへ行くのだ？」

オルバンは独特の目つきでパイロットを見て、

「行き先か。わが故郷を遠くはなれて久しい。数十年ものあいだ、未知権力に縛りつけられ、任務遂行を押しつけられてきた。監禁されたと同じで、行動の自由がなかった。はるかな宇宙に焦《こ》がれている。故郷でわたしを待つ友のもとに帰りたい……」

「かつての賢人を憎んでいるのだな」

「いや、憎んではいない。ただ、長きにわたり縛りつけたのだから、わが人生においてなんらかの責任はあるだろう」

クラン人は慎重ないいまわしに惑わされることなく、この言葉を自分の考えたとおりに解釈しているようだ。だが、オルバンの役を演じているアトランにとって、おのれの言葉がほぼ真実であるという印象を相手にあたえることは、気持ちいいものではなかっ

た。パイロットが勝手に解釈してくれたらしいので、すくなくとも嘘をつく手間ははぶけたが。

「なるほど。あんたは賢人に貸しがあるわけだ」クラン人はそういうと、いらだったようすで、「だからといって、それが兄弟団に加担する理由にはならない。われわれのところで、なにをするつもりなのか？」

はたして本当のことを告げるべきか。オルバンは考えこんだが、こういった。

「きみたちのだれがわが友を死に追いやったか、探ろうとしたのだ」

＊

「あんたの友だって？」クラン人は困惑したようにくりかえした。

「ヴォルネシュという名のターツだ。おや！ 名前を知っているな」

「知らない者などいない。病床にいるグー公爵の暗殺をくわだてたターツじゃないか。グーのロボット、フィッシャーが襲撃を食いとめたさいに、死んだだろう」

「まともに考える者ならだれもが、そうなると期待していたとおりにな」オルバンがつけくわえる。「だが、ヴォルネシュをそそのかした者がいたのだ。その男が意図的にかれを死に追いやった」

「それが兄弟団のなかにいると、どうしてわかる？」

えす。

「兄弟団のほかに、公爵の暗殺をたくらむ者などいるか?」オルバンは荒々しくいいか

パイロットは、どうしていいかわからないようすで、

「あんたの協力が必要なんだ、オルバン」と、いった。「そそのかした者のところへわたしが連れていくといったら有利な展開になるかもしれないが、そいつは無理な相談だ。だれがやったか知ってはいるが、あんたの復讐に加勢はできない。なぜって、その男も死んだからな。カルヌウム公爵の廷臣クラーケだ」

「そんなのはとっくに知っている。ヴォルネシュが〝兄弟団の声〟だったクラーケにそそのかされたことは、周知の事実だ。一方、クランでは、カルヌウムが廷臣の二役に気づかなかったということも知られはじめている。カルヌウムがグーの暗殺を指示したのはたしかだが、それをヴォルネシュに実行させたのはクラーケだ。で、クラーケに命令をあたえたのはだれだ?」

「だれでもない。クラーケが自分でヴォルネシュにやらせた」

「責任者はいないというのか? だれかがカルヌウムの顔に公然と泥を塗ろうとして、すこし前まで同じく公爵の廷臣だったヴォルネシュにやらせろと、クラーケに命じたのでは?」

パイロットは否定の身ぶりをして、

「クラーケひとりで決めたことだ」と、いいはる。「かれは自分から兄弟団に志願してきて、われわれはうけいれた。公爵の近くにスパイがいれば非常に有利だからな。かれはたちまち、なくてはならない存在になった。〝兄弟団の声〟を演じるのに必要な通信施設も、独力で建造したりしてね。ただ、よくクラーケと接していた者たちから見ると、やつは兄弟団を利用するつもりだったようだ。われわれの理念には耳をかさず、自分の利益を追いもとめていた。団の幹部は、クラーケと決裂しても被害をこうむらないようにするため、しだいに距離をおくようになった。兄弟団にあのままずっとはいられなかっただろう」そういうと、手を振りながら、「ヴォルネシュの件に関わったのはクラーケだけだ。あんたが友の仇を討つことはできない」

クラン人の目には不可思議な表情がうつっていた。絶望か、それとも希望か？　あるいは、理解してくれという訴えか？

「その言葉を信じよう」と、オルバンは応じた。

5

その日はさまざまな感情を呼びおこす出来ごとがいくつか起きた。まずは早朝、公爵グーからテルトラスへ非公式のラジオカム通信がはいってくる。グーとカルヌウムの緊張関係はいまだ解消していないが、ふたりの会話は平静かつ実務的な雰囲気のなかで展開された。

サーフォ・マラガンの適応プロセスが終了したのだ。マラガンの肉体は動画でいう〝一時停止〟状態となる一方、意識活動はスプーディの巨大集合体によって促進され、大規模なひろがりを見せている。アトランがクランドホルの賢人だったときと同じ状態だ。この〝新賢人〟がはじめて、グーにコンタクトしてきたのである。クランの状況を安定させるための助言として、次のように述べたという。

三頭政治を一刻も早く復元させること。水宮殿の外側区域を一般国民に開放するべきこと。

これを聞いて、カルヌウムはいった。

「兄弟団の話は出なかったのだな」

「そうだ」グーがぎこちなく応じる。「とはいえ、兄弟団が今後の進展から閉めだされたとうけとれるような言葉もなかった」

カルヌウムはスクリーン上の相手を考え深げに見た。グーは深傷《ふかで》の後遺症にいまも苦しんでおり、顔は黄色く、たてがみも艶《つや》を失っている。ただ、決然とした目だけがその精力をうつしていた。

「賢人の助言はもっともだが」と、カルヌウム。「国民がそれをうけいれるには、どう伝えるかが問題になるな」

「いいたいことはわかる。われわれが賢人の言葉を公表しないかぎり、世間には信用されないだろう」

「わたしもそう思う。覚悟はいいか?」

「クランの繁栄のためだ」グーは硬い表情で、「必要な準備をしてもらいたい。日時が決まったら、われわれふたりで国民に発表しよう」

カルヌウムはただちに仕事にとりかかった。テルトラスの東棟はいま、一時的に公爵グーの侍医ムサンハアルの指揮下にあるが、まずはそこにいるグーの側近に、自分とグーが公国住民に向けた声明を出すことを告知させる。公爵ふたりがなんらかの接触を持ったと知った側近は、悪くないことだと思った。声明は全公国領における放送チャンネルの八十パーセント以上に流す予定で、技術的に大規模な準備が必要となるが、カルヌウムがそれを依頼すると、だれもがこころよくひきうけた。

こうして、テルトラス時間でその日の午後早く、惑星クランおよび公国領の惑星に住む人々は、水宮殿の再建以来はじめてとなる賢人の託宣を聞いた。敵対関係と思われたグーとカルヌウムがこの託宣をともに支持していることも、人々の知るところとなり、公国全土に安堵感がはしる。不安定な時期は過ぎさったのだ。責任ある立場の者は、過去数週間にわたり破壊されたものの修繕にとりかかった。あらたな安定期の幕開けに向けて、情勢がはっきりしてきた。

新賢人の託宣を感動のなかで聞いた選挙委員会は、その日のうちにも会議を開き、三人めの公爵を遅滞なく選出するための面倒なプロセスに着手すると宣言した。

だが、国民に知らされなかったこともある。このあとしばらくして、兄弟団が意見表明をしたことだ。兄弟団がふさわしいかたちで統治に参加するのでないかぎり、賢人の言葉は承服できない、という内容だった。〝ふさわしいかたち〟がなんなのかについては、明言していない。

＊

アトランはこの日、暗号化したラジオカム接続でテルトラスにアクセスし、神経を研《と》ぎすましてことの経過を追っていた。満足のいくなりゆきだ。賢人の託宣にしたがい、三頭政治は可及的すみやかに復活するだろう。兄弟団にとっては、三人めの公爵が自分たちのなかから選ばれなかった場合、反乱の口実ができるということ。大あわてで戦闘準備にかかるにちがいない。選挙委員会が兄弟団メンバーを公爵に推挙するなど、まずありえないからだ。だが、あわてれば混乱が生じるもの。混乱が生じれば、公国防衛部隊がかねてより探してきたものが、思いがけず見つかるかもしれない……兄弟団の本部拠点をしめすヒントが。

ここで自分のはたす役割は大きい。パイロットの信用を手にいれたからだ。かれにひとつずつ説明したもの。金持ちには……とくに資産を増やす手段を持っている場合は……あらゆる義務や責務がつきまとうため、自分がいつでも呼びかけに応じると思われても困る、というようなことを。それを聞いて、パイロットは納得した。賢人のもと従者がどこから富を得たのか、どうやって資産を増やしているのかについて、いちいち訊くこともなかった。

アトランにはしだいにわかってきたが、このクラン人は現状に不満らしい。こちらを信用したのも、理屈で得心したからというより、おのれの問題を考えてのことだったようだ。部屋を出ていく前に、パイロットはこうほのめかした。まもなく兄弟団による大規模な襲撃がはじまるはずで、オルバンにも沙汰があるだろうと。

これが、賢人の託宣が公表される数時間前の出来ごとだ。いまや兄弟団は、ますます切迫して作戦実施にとりくんでいるはず。

〝兄弟団の声〟と呼ばれたクラーケは、テルトラス西棟の地下につくった通信センターに大量のデータをのこした。アトランが二公爵を水宮殿に呼びよせたとき、グーの側近にあたる通信専門家たちが、日がなこれの解析につとめていた。データの山を調べれば、兄弟団の内部構成に関するなんらかの情報が見つかるだろうと考えたのだ。そうなれば、防衛隊は危険な秘密結社に決定的な打撃をくわえることができる。ところが、その期待はみごとに打ち砕かれた。チームリーダーは侍医ムサンハアルとグーの愛妾アルツィリアだったが、これを知って鬱病寸前になるほど失望したもの。いまでは理由がわかっている。クラーケは兄弟団に不信感をいだかれたため、重要データをあつかわせてもらえなかったのだ。団とつながることでおのれの利益を得るはずだったが、指示を仲介するだけの立場に格下げされたということ。

アトランはさらに考えをめぐらせた……わたしは二百年の長きにわたって賢人の役を演じ、公国を設立し、それが銀河におよぶ勢力となるまで導いてきた。すべてはコスモクラートの命である。〝それ〟とセト＝アポフィス、両超越知性体が統《す》べる力の集合体のあいだにある緩衝地帯……〝リンボ〟と呼ばれる力の空白のなかに、銀河内戦闘が起きても無視できないような一大勢力をつくることが重要と考えてのこと。わが使命ははたされた。今後、クランドホル公国はおのれの推進力のもとに発展を遂げ、その影響範囲はヴェイクオスト銀河全体にひろがっていくだろう。わたしは当然の権利として、すぐにも《ソル》で出発し、テラへの帰還の途についていてもよかった。だが、クランに対する責任がある。わたしが公国の中枢惑星を去るのは、安定化に向けた再度の歩みが何者にもじゃまされないとわかってから……すなわち、兄弟団を無害化してからだ。

そのあとはヴァルンハーゲル・ギンスト宙域に向かい、スプーディを積みこむつもりでいる。テラナーへのみやげとして。自分やベッチデ人もそうだが、人類を祖に持つ生命体は、この知性を高める極小物質との相性がとくにいいようだ。テラの科学者たちはスプーディの研究にとりくみ、その秘密解明にせまろうとするだろう……はたしてスプーディは有機物なのか、技術の産物なのか。どのスプーディも持つ一体化衝動と関連する能力は、なにに由来するのか。さらに、スプーディが例外的にまったく異質なあらわれ方をする場合があるのは、なぜなのか……たとえば、ロボットのフィッシャーの姿で登場したときのように。

《ソル》に移乗するすこし前のこと……わたしは物質の泉の彼岸から送りかえされたのち、宇宙の城に似た構造物に漂着して意識をとりもどした。そのさいわかっていたのは、ヴァルンハーゲル・ギンスト宙域を探して、あるものを積みこむよう、いわれたことだけだった。クラン人に配られることになるスプーディである。コスモクラートがスプーディを製造したのか、あるいは偶然にその存在を知って利用価値があると考えたのか、それはわからない。だがいずれにせよ、この奇妙な物質が複数の秘密と結びついており、その秘密を解きたがっている者が、宇宙的関連におけるより深い洞察を得ようとしているのはたしかだ。

いずれにせよ……わたしはここでなにをのこしたか？　まずはクランドホル公国。兄弟団の脅威を払拭《ふっしょく》したのち、ふたたび安定し、今後も発展していくだろう。さらに、賢人である。それはクラン人種族にとり、もう未知存在ではない。公爵たちは賢人をおもてに出す必要性を感じている。そうすれば、スプーディの光る球体につながれた存在が異人ではなく、補助種族の一員すなわちベッチデ人であることをひきあいに出せるわけだ。

もうここで失うものはなにもない。兄弟団を平定したら、《ソル》で出発しよう。そう考えると、アトランの胸は高揚した。ヴァルンハーゲル・ギンスト宙域へ行ったのち、テラへ帰還するのだ！　わたしがいきなりもどったら、みな驚くだろう。銀河系の状況はどうなっているのだろうか。最後にテラナーたちとコンタクトしてから、四百年以上が過ぎた……

アトランは耳をすました。ラジオカムが鳴っている。考えごとをしていたので気づかなかったが、一分ほど鳴りつづけていたようだ。音声命令で装置をオンにする。

カルヌウムの姿がスクリーンにあらわれた。

「緊急連絡です。アパルドとレヴォルで暴動が発生しました」

「兄弟団か？」と、アトラン。

「ほかに考えられますか？　とはいえ、まだ犯行声明は出ていませんが」

アトランは一秒間ためらったのち、

「すぐ行く」と、答えた。

＊

ひとつの疑問が頭をはなれなかった。なぜ、よりによってアパルドとレヴォルなのだ？　クランドホル星系の居住惑星はクランのほか四つある。内惑星ウルスフと、外惑星のアパルド、レヴォル、ドヴァスクだ。外惑星三つには巨大な工廠《こうしょう》が設置され、クラン艦隊の要請に応えて宇宙船が絶え間なく増産されている。これに対し、ウルスフにあるのは有毒物質を原料とする製造施設、および、大規模な廃棄物処理施設だ。いずれの惑星も人口は多くない。クランの統治システムに反旗をひるがえすスタート地点として、ふさわしいとは思えなかった。

なぜ、兄弟団はアパルドとレヴォルで暴動を起こしたのか……ドヴァスクやウルスフでなく？

カルヌウムは熟練のスタッフを招集していた。そのなかにはグーのとりまきから選ばれた情報専門家も数人いる。シスカルが、アパルドとレヴォルに駐留する防衛隊の司令本部と通信をつないだ。アパルドの状況は安定したようだが、レヴォルでは反乱運動が勢いづいているらしい。

アトランは最初、なりゆきをうかがった。シスカルが援軍の必要性についてレヴォルの防衛隊長と話しあっている。

「四惑星の現在ポジションからすると、ウルスフから援軍を送るのがもっとも早い」と、シスカル。「とはいえ、ウルスフの防衛隊は惑星全土で二百名そこそこの規模だが」

「とっかかりとしては充分だ」レヴォルの防衛隊長が応じる。「そのうち、ほかの惑星からも応援がくるだろう」

シスカルは了解し、

「緊急出動を指示する」と、約束した。

それから、べつの呼び出しコードを入力する。アトランはカルヌウムに向きなおり、

「暴動が起きたのはいつだ？」と、たずねた。

「四時間前です」

シスカルのようすを見ると、ラジオカムがつながらないらしい。ぶつぶついいながら、

あらためてコードを入力している。むだだろう、と、アトランは予感した。兄弟団のやり方はお見通しだ。かれらがどんな計略を練っているのかは、まだ曖昧《あいまい》だが。

シスカルが振り向いた。困惑と憤慨のいりまじった表情をして、

「ウルスフが応答しません」

*

数時間たつうち、カタストロフィの規模がしだいに明らかになっていった。ウルスフは完全に封鎖状態におかれている。二十数カ所あるラジオカムとハイパーカムのステーションは、すべて遮断されていた。クランからウルスフへ向かう惑星間連絡船を出したが、自動遠隔装置によって理由もなく送りかえされた。

アパルドでの暴動は鎮静化し、レヴォルの騒ぎもおさまった。防衛隊が捕まえたのは、やけを起こした数名の不満分子のみ。いずれも暴動をひきおこした首謀者ではない。

このごたごたにより、首謀者は目的を達したわけだ。関係者の目がアパルドとレヴォルに向かっている隙に、兄弟団はウルスフで決定的な一撃に出たのである。通信ステーションは数百キロメートルにわたって網の目のようにのびているのだから、前もって念いりに準備したにちがいない。かれらは同時に重要ポイントも掌握《しょうあく》していた。二百名におよぶウルスフの防衛隊員は、ひと言も発しないうちに捕らえられてしまった。

いまのところ、ウルスフが兄弟団にとってどういう意味を持つのかはわからない。二大都市をかかえて住民でひしめくクランに比べると、人口のすくない惑星が支配しやすいというのはわかる。それでも、ウルスフでなにをするつもりなのだろう？　住民を人質にして、統治への参画を迫る材料にしようというのか？

いまのところ、兄弟団側からこの驚くべき事態についてのコメントは皆無だ。なにかいってきたら、もうすこしわかるだろう。この間にカルヌウムはスタッフたちと、代替作戦について議論することにした。

だが、相手の狙いがわからないかぎり、効果的な対処法を考えたところで推論にしかならない。もっとも悲観的に見積もっても、兄弟団がウルスフで手にいれられる手段では、第一艦隊への集中攻撃は不可能。つまり、真の権力はいまだまっとうな組織の手にあるわけだ。しかしウルスフには、なおざりにできない防衛手段がひとつある。くわえて、兄弟団が宇宙船数隻を意のままにできるのはまちがいない。クラン上空のネストにいる第一艦隊が攻撃に出たなら、大規模な破壊行為につながり、すくなからぬ犠牲者が出るだろう。公爵カルヌウムは、意志に反して兄弟団のくびきに縛られたウルスフの罪なき人々の庇護者を自任している。この状況にさいして破壊への一歩を踏みだすなど、考えることもできなかった。

シスカルのほうは防衛隊の速攻コマンドを数グループ、ウルスフへ送りだしていた。

しかし、コマンドの乗った宇宙艇も連絡船と同様、自動遠隔装置によって着陸を阻《はば》まれた。二機がどうにか惑星大気圏へ進入したものの、ビームの攻撃をうけた。シスカルは艇に撤退命令を出す。兄弟団がウルスフに何者も近づけまいと決意したのは明らかだった。

すべての活動が終わって夜になると、テルトラスが闇につつまれるのを待っていたかのように、兄弟団はポジトロニクスを使った〝奇襲〟に出た。多数ある公共通信チャンネルを占領し、全視聴者に対して意見表明したのだ。

「クラン国民は賢人の采配にいやけがさしている。そうした国民の総意により、兄弟団は比類なき独自存在となった。一公爵が賢人の立場を代行しても、なんら解決にはならない。賢人制度は排除すべきだ。それでこそ、クランドホル公国に平穏がもどってくる。排除したのちは、種族の声を真に代弁する兄弟団が統治をひきつぐ。これが実現するまで、われわれ、旧態の秩序に固執《こしつ》し種族の敵となった政権と戦う所存だ。ウルスフには兄弟団の本部拠点があるが、今後は惑星を封鎖する。公国を不法に支配する現政権は、テルトラス時間の真夜中までに返答をよこすこと。話しあいで解決する気はない。われら新政権は明確に宣言する。賢人をただちに追放しなければ、戦闘を開始する」

＊

「くだらない大言壮語だ。まともに相手などできん！」カルヌウムが怒り心頭でどなった。

スタッフはほとんどいなくなり、それぞれの作業に専念している。その場にのこっているのはアトランと公爵のほか、ウェイクサとシスカルだけだ。

「いやな予感がする」と、アルコン人は、「ウルスフ行きのコンテナ・ルートを開設せよとかつて公爵たちに進言したのは、賢人であったこのわたしだからな。クランで出た有害廃棄物をウルスフに送って処理し、再利用するためのルートだが」

カルヌウムは驚いた顔をして、

「兄弟団が廃棄物コンテナ・ルートをとめるつもりだと思うので？」

「クランをごみで窒息させたいのなら、ありうるな。だが、かれらもそれほど単純ではない。廃棄物処理の方法などほかにいくらでもあると、知っているだろう。わたしが予感するのは、もっと直接的で陰険なたくらみだ。兄弟団が有害廃棄物をクランにばらまくつもりだとしたら、阻止する手立てはあるまい？」

これを聞いて全員がまず驚愕し、次に不安な表情をした。カルヌウムはアトランの不吉な予感に対してなんとか反論するかに見えたが、あれこれ熟慮しているようすはうわべだけだった。クランに〝ごみ爆弾〟を落とすというのは、たしかに有効な手段である。兄弟団が見逃すはずはない。それどころか……まさにこの理由から、ウルスフでの反乱を計画したのではないか。

アトランはクッションから立ちあがり、こういった。

「兄弟団メンバーが連絡してくるのを待つしかないな。その時間を利用して、べつの面からかれらの名誉欲に対処するとしよう」

「あらたな作戦を考えているのですか？」シスカルが訊く。

「今夜じゅうに、わたしのもとへ沙汰があるはずだ」と、アルコン人は答えた。「秘密組織が手の内を見せたのだから、ここからは急速に事態が動きだすぞ」

「護衛と背面援護をつけてください」

女指揮官の言葉をアトランはうけながし、

「やはり、役にはたつまい。前のときと同じやり方でコンタクトしてくると期待しよう」

宮殿を去る前に、カルヌウムからずっと使ってくれと用意された部屋へ向かう。そこには忠実な三名の友が待っていた。ニヴリディド、チャクタル、パンチュである。アトランは今夜じゅうに兄弟団から連絡がはいるだろうと告げた。三名とも事情はわかっている。決定的瞬間にこちらと接触するやり方については、かれらの自由にまかせることにした。

それから、転送機を使って新居へもどった。

6

思ったとおりだ。最上階の照明をつけると、パイロットがいた……前回と同じように。ただ、ゆうべより憂鬱そうに見える。力強いながらも繊細な感じの指で、自分がすわったクッションの模様を神経質になぞっている。

「待ってたんだ」と、パイロット。「あんたの商売はうまくいったんだろうな」

「きみたちのおかげで、商売あがったりだ」オルバンの姿の男はぶつぶついう。「兄弟団が公爵に宣戦布告したいま、どこのだれが土地購入に興味を持つと思う？　売れるのは携行食糧だ。富裕層も、持ち運べないものはすべて処分し、希少金属や宝石や極小エレクトロン部品なんかを買いあさっている。いったい、これからどうなるんだ？」

パイロットは立ちあがり、

「兄弟団の独裁がはじまる」と、真剣な顔で答えた。

「念願の夢が叶うのだな。そのわりに、きみはうれしそうに見えないが」

「観察眼が鋭いな、オルバン」クラン人は応じる。「まさにそうだ。わたしは兄弟団の理念を信じている。クラン人種族が異人に支配されるべきではないというものだ。これが団の当初の目的だった。わたし自身は、賢人の地位を一公爵がひきつぐという、ことのなりゆきに満足していたんだ。

しかし……われらが首領たちはいつのまにか名誉欲にとらわれてしまった。時が熟したいま、団の理念などどうでもいいと考えている。だいじなのは全体の幸福でなく、権力を手にすること。たとえ、自分たちが王位にしがみつくあいだにクランが滅びるとしても！」

クラン人の目が燃える。本気で怒っているのだ。アトランは賢人の金持ち従者オルバンの仮面の下で、ジレンマを感じた。このチャンスを利用し、必要ならパイロットにちょっと揺さぶりをかけて、兄弟団を裏切れとそそのかしたい誘惑に駆られる。だが、結局その誘惑に打ち勝った。この男が憤慨しているのは、兄弟団が当初めざしていた組織でなくなったからだ。それなのに、オルバンまでが自分の考えていた人物ではなかったと知ったら、反発するかもしれない。

「きびしい意見だな」と、なだめる口調でいった。「どうするつもりかね？」

「あとひとつだけ、任務があるのだ」パイロットは吐きすてるように、「その義務をはたすまでは、団にとどまる。だが、それが終わったら兄弟団とはおさらばだ。今夜、もう一度だけわたしに奉仕してくれたら、恩に着るよ」

いいが」

「わたしはだれにも奉仕しない」と、オルバン。「きみに同行し、協力するというなら

「それでかまわない。もう出られるか？」

「すこし待て」オルバンはそういうと、問いかけるようにクラン人を見て、「ずいぶん率直に話してくれたな。だが、ほかの兄弟団メンバーに対しては、そうした自分の思いをかくしてきただろうな？」

「自信がない」パイロットは小声で答える。「ここ数日、ずっと考えていたから、だれかに気づかれたかもしれない」

「わたしがいうまでもないが、あぶないぞ。兄弟団のような組織がきみみたいな懐疑家をほうっておくはずはない。壊し屋に知られたら、どうするのだ？」

パイロットはオルバンを見おろした。目にはかすかな笑みがうかがえる。

「その心配は無用さ」と、親しげな皮肉をこめて、「わたしが壊し屋だから！」

＊

「驚かないのか？」オルバンが黙っているので、クラン人はそういう。

アルコン人はかぶりを振り、

「驚くとしたら、自分のおろかさに対してだな。とっくに気づくべきだった。壊し屋は

けっして、オフィスにひっこみ遠くから事態を動かすようなタイプではない。きみこそ、わたしがこれまで会ったなかで壊し屋の名にもっともふさわしい男だ」

パイロットはこれを褒《ほ》め言葉とうけとったらしく、にんまりするつもりで口を横にひろげた。大きな牙《きば》がむきだしになる。

「おたがい、もっと早く知りあいたかったな」

オルバンはうなずいた。パイロットにうながされて転送機室へ向かい、そこから以前の住まいで実体化した。みすぼらしい服装に着がえようかと思ったが、パイロットが急いでいたのでやめる。パイロットの浮遊機は地下ガレージにとまっていた。兄弟団の計画について、道すがら説明するという。オルバンのほうは、従者三名がシュプールを追ってこられるだろうかと懸念しはじめた。

「こんどの計画はスプーディ船への侵入だ」浮遊機が上昇して南に向かう高架道に乗ると、パイロットはいった。

「目的は？」オルバンは耳をそばだてる。

「団の主張を補完するための作戦行動さ」パイロットは怒りのこもる声で答え、機を自動操縦にまかせてつづけた。「われわれ、兄弟団としてでなく、一般のクラン人として登場する。もうスプーディ船とは関わりたくないと、国民に思わせるために。国民はスプーディ船ができるだけ早く撤退して、二度とクランにもどらないことをもとめている。

そうした〝種族感情〟を、今夜われわれが具体的なかたちにするわけだ」

オルバンはパイロットから聞かなくても、この作戦の真の背景を察知していた。クラン国民がスプーディ船を無用のものと考えるようになれば、水宮殿にいる賢人の従者たちは船へと撤退を余儀なくされる……賢人の従者は《ソル》技術要員の同胞だから、ただちに撤退しなければ、クラン人種族の怒りが従者たちにもスプーディ船にも向かうだろう。賢人の従者がいなくなれば、水宮殿にのこるのは賢人が数十年かけて集めたルゴシアードのもと勝者たち、わずか二十数名だけだ。つまり、宮殿を効果的に防衛できる者はいなくなる。兄弟団はその隙をついて、ただちに賢人を襲撃するつもりなのだ。

「どういうやり方で？」オルバンは訊いた。

「スプーディ船はクランから食糧供給をうけている」と、パイロット。「おもに生鮮品だな。それを分配するステーションがぜんぶで三つある。供給品の輸送は自動でおこなわれるが、各ステーションにひとり、スプーディ船の乗員がつく」

「つまり、わたしにその乗員の役をやれというんだな？」

「そういうことだ」クラン人は答えた。「ひとつずつ説明しよう……」

＊

集合場所は町の南西、ウルスクアル海につながる運河ぞいにある空き倉庫だった。ダムボルひきいる十四名のクラン人メンバーが集まっている。ダムボルはオルバンに言葉をかけてきたが、前回の作戦終了後に姿を消したことについては、怒っているのかいないのか、なにもいわない。オルバンはメンバーから、《ソル》乗員が着用している制服とそっくりなライトグリーンのコンビネーションをわたされ、すみに行って着がえた。ほんものの制服ではないが、よくできた模造品なので、今回の目的に使うには問題ないだろう。

夜になると、三浮遊機からなる編隊は、水宮殿から八百キロメートルはなれた分配ステーションめざして南へ飛んだ。飛行は問題なく進み、やがて分配ステーションが見えてくる。たいらで長くのびたかたちだが、それでもピラミッド形に見える建物の集まりだ。上空には複数の太陽灯が浮かび、昼間のような明るさを地面に投げかけている。オルバンはひとつの建物の前に一グライダーがとまっているのを目撃。まちがいなくテラ製だ。建物内では動きがあるようだが、遠いので細かいところは見えない。

浮遊機三機は明るく照らされたゾーンを避けて着陸した。一行は前回の作戦行動のときと同様、オルバンとパイロットを先頭に進む。建物のあいだの地面を横切り、だれにも呼びとめられることなく、前にテラ製グライダーがとまっている建物に近づいた。乗員は見あたらない。おそらく、建物のなかにいるのだろう。

オルバンとパイロットはわきから分配ステーションに忍びこみ、ピラミッドの壁にある大きな門を閉めた。明るさは気にならない。人けはなく、目の前にある建物内だけで作業が進んでいた。

　クラン人に似た奇妙な格好の、自動制御メカニズムを搭載した輸送ロボットがならんでいる。じつは《ソル》で使う生鮮品を保管しておくコンテナで、運搬作業を容易にするため、独自エンジンをそなえていた。食糧は積みこみやすいようにパッケージされ、壁の両側に置かれている。機械で判別可能なマークを自動クレーンが読みとり、どのパッケージをどのコンテナに分配するか判別するのだ。

　ライトグリーンの制服を着用した《ソル》技術者が二名、向こうに立っておしゃべりしていた。運搬作業には注意をはらっていない。オルバンはドアの隙間からなかにはいりこみ、パイロットもつづいた。

　一技術者がこちらを向いた。コンビネーション姿の男と身長三メートルのクラン人を見て驚いている。だが、すぐオルバンの正体に気づき、思わず口にした。

「アトラ……」

　この瞬間、オルバンが発砲。技術者はうめき声をあげ、からだをねじりながら倒れた。つづいて、パイロットのパラライザーがビーム音を発する。もう一名の《ソル》乗員も攻撃者を目撃することなく、意識を失った。パイロットはオルバンを問いかけるように見ると、

「さっき、なにをいいかけたのだろう？」

「さあ」と、オルバン。「こちらの顔を知っていたのかもしれない。わたしは八年前までスプーディ船に乗っていたのだから」

パイロットはそれ以上なにも訊かなかった。自動クレーンによる作業がつづくあいだ、ダムボルにテレカムで連絡し、作戦の第一段階成功を告げた。

＊

パイロットががっかりしたことに、クレーンはコンテナの許容量いっぱいまで荷物を積みこむようにプログラミングされていた。作業を中断しようとすれば、警報が鳴るのは必至だ。時間がむだになるが、この状況ではうけいれるしかない。

この間にオルバンのほうは技術者二名のポケットを探り、《ソル》の全乗員が携行しているちいさなＩＤカードを見つけだした。オルバンの正体をばらしそうになった大きいほうのソラナーは、体格が自分と似ている。名前はサーグ・キャトゥーン。《ソル》に乗りこんだあと身元をただされたら、この名を使うことにしよう。

ホールを出て、テラ製グライダーを調べにいく。グライダーには、食糧を積んだ輸送ロボットを飛行可能にするための補助装置が搭載されていた。複雑な装置ではない。なんなく操作できるだろう。

グライダーから出ると、クラン人ふたりがステーション構内をやってきた。ダムボルが連れてきた戦闘員だ。なぜか、動きがぎこちなく、ふらついている。オルバンは不審に思った。

「気絶した二名を安全な場所に連れていけと、ダムボルにいわれた」と、ひとりがいう。

ふたりとも目が奇妙にすわっている。オルバンはホールのほうをさししめした。

「あのなかに倒れている。気をつけて運んでくれ。けがさせるなよ」

クラン人ふたりは動かない。その目は賢人のもと従者をじっと見すえている。

「まだなにか？」オルバンは訊いた。

「ほかに、われわれにいうことがあるのでは？」と、ひとりが訊きかえす。

オルバンは目から鱗《うろこ》が落ちた気がした。なるほど、チャクタルのしわざか！　なんと大胆な！

「スプーディ船が襲われる」オルバンは早口で告げる。「どうやって船内に侵入するつもりか、準備段階でわかるかもしれない。急ぐのだ！」

そこへパイロットがあらわれ、クラン人ふたりにいった。

「積みこみが終わった。行こう！　なにをつったっている？　倒れた二名を早く運んでこい。ずらかるぞ！」

ふたりは指示にしたがった。それぞれ失神したソラナーを肩にかついだまま、明るく照らされた構内を歩いていく。そのうしろ姿を見ながら、オルバンは思った。あの向こう、照明がとぎれて暗闇がはじまるあたりのどこかにチャクタルがいるはず。ヒュプノ暗示がかかったふたりから、今夜の襲撃の目的を聞きだすだろう。

＊

オルバンはマイクロフォンの光るエネルギー・リングをひきよせ、顔の前に持ってくると、

「食糧輸送班から《ソル》へ」と、インターコスモで呼びかけた。「こちらキャトゥーン。半時間ほど到着が遅れる」

「理由は、キャトゥーン？」女が明るい声でたずねてくる。

「自動クレーンが一基、故障してね。クラン人ロボットが修理しおわるまで待たなくちゃいけない」

「了解、キャトゥーン。こっちも待つわ」

オルバンは会話の内容をパイロットに通訳した。クラン人は満足げである。この間にコンテナを太陽灯が照らす範囲から二百メートルほど外側に移動させ、なかの積み荷をおろして、ダムボルと戦闘員たちが乗りこむ隙間をつくるのだ。クラン人三人が、スプーディ船からの脱出を可能にする浮遊機を担当する。そのうち一機には、念のため拘束

してさるぐつわを噛ませた意識不明のソラナー技術者二名が乗っている。

チャクタルもほかの忠臣二名も気配を見せない。だが、コンテナの荷おろしで生じた遅れをアドヴァンテージにして、効果的な反撃手段を見つけだすだろう。

パイロットが合図してきた。

「荷おろし完了。スタートしていいぞ」

どれほど不格好なかたちの荷物でも、補助装置のおかげで容易に輸送することができる。この目的のために整備された通信制御ルートを使えば、もよりの幹線道路まで出られるのだ。オートパイロットのうけとった通信制御信号が、ぜんぶで六つあるコンテナの操縦メカニズムに送られ、奇妙な外見の隊列が出発した。テラ製グライダー……高さがないので、クラン人は脚を前に投げださないとおさまりがつかない……を先頭に、大きな箱形のコンテナが六つ、母親のあとを追う幼児のようにくっついてくる。オルバンは最初さほど速度をあげなかったが、幹線道路にはいると中速レーンに進路変更し、時速六百キロメートルに加速。道はダロスの西側にそって通じている。賢人に畏怖の念をいだいたクラン人が、水宮殿の上空をこえる道路をつくらせなかったのだ。オルバンはダロスから南西に五十キロメートルの場所で高架道をおり、コンテナ六つをスプーディ船の巨体の四百メートル上空に〝係留〟させた。

「コースは正確よ、キャトゥーン」女の声が聞こえた。「エアロックを開くわ」

オルバンはクロノグラフを一瞥《いちべつ》。分配ステーションを出てから二時間がたっていた。

＊

明るく照明されたエアロック・ハッチが開く。ハッチの高さは三階建てのビルほどもあった。オルバンは慣れた手つきでグライダーを操り、エアロック室から船内に通じる輸送ベルトにコンテナを乗せた。隣りの席ではパイロットが必死にからだを縮めているが、その必要はなかった。エアロックは無人で、だれにも見られる心配はない。輸送作業は自動でおこなわれるのだ。

コンテナとの接続を切ると、輸送ベルトが動きだし、積み荷はエアロックからビルの高さのハッチの向こうへと運ばれていった。オルバンはグライダーを輸送ベルトのわきにとめ、コンテナに目をやる。蓋が開き、ダムボルの戦闘員が顔を出した。

襲撃は最後の瞬間にいたるまで周到に準備されている。クラン人たちは一週間も調査したかのごとく、エアロックを知りつくしていた。天井や壁のあちこちにある黒いちいさな突出部がなんなのかも、わかっている。貨物用エアロックのようすを複数の司令室から見張るための監視カメラだ。ブラスターがうなり、カメラのレンズを破壊した。エアロック室の向こうのハッチから、かすかにサイレンの音が響いてくる。警報が発令されたのだ。

「なにがあったの、キャトゥーン？」あわてた女の声が、グライダーの通信装置から聞こえた。

「積み荷が！」オルバンはみごとな演技力を発揮し、驚いたふうをよそおう。「コンテナのなかにクラン人がいて……なにもかも壊している……」

「映像を送って、キャトゥーン！　映像を！」女は叫んだ。

「いま送る……待ってくれ」オルバンは言葉をとぎらせ、「これが……うう……」

喉がつまったような音をたてると、ラジオカム装置の上につっぷした。接続が切れる。

パイロットは賞讃のしぐさをし、

「上出来だ。これで向こうはわれわれのだれかがあんたの口を封じたと思うだろう」

グライダーのハッチが開き、クラン人は外へ出ると、なにはともあれ閉まりかけたエアロック・ハッチをめざした。豹を思わせる大きなジャンプで、エアロック壁のわきに設置された操作盤に跳びつく。二回すばやくボタンを押すと、ハッチの動きがとまり、ふたたび開いた。外では衛星反射鏡が夜を乳白色に照らしている。パイロットはそちらをうかがい、浮遊機三機がゆっくりエアロック・ハッチに滑りこんでくるのを見て、満足げによけた。

ダムボルの戦闘員たちは、スプーディ船のこのセクターに混乱を招くため、爆弾をばらまくことになっている。単純な化学カプセル爆弾だから、兄弟団の専門家が一枚噛んでいるとはだれも思うまい。ひとりがカラー・スプレーを使い、エアロック壁に大きな文字で落書きをはじめた。〝神聖なるクランよ、永遠に！〟

コンテナにひそんだクラン人数人が船内に侵入した。ひとりがすくなくともひとつ、爆弾を持っている。コンテナが目的地についたとたん、爆発し、生鮮品がだめになるだろう。遠くではまだサイレンが鳴っていた。だが、スプーディ船の戦闘ロボットが出動するほど長いあいだ鳴ることはない。パイロットは船内につづく、よりちいさい第二のハッチを開いて、その向こうに消えた。ダムボルはエアロックの奥にいて、すこしでも危険があれば撤退の合図を出すよう、かまえている。

だれもオルバンに注意をはらっていない。かれの役目は、食糧輸送を監視するライトグリーンの制服姿を演じることだったからだ。それ以上のことは要求されていない。かれは外側ハッチに行き、あたりを見まわした。ハッチから遠くないところに兄弟団の浮遊機が三機、《ソルセル＝1》をとりまく巨大な赤道環のふくらみ近くで待機している。その向こう、ダロスの上空に揺れ動く点がひとつ見えた。ぐんぐん近づいてくる。思わず、大きくうなずきそうになった。よし、チャクタル、でかしたぞ！　浮遊機三機に乗ったクラン人たちは明るく照明されたエアロック・ハッチのほうに集中している。背後に迫る危険に気づいたときは、すでに手遅れだろう。

食糧コンテナが運ばれていったひろい通廊から、大きな爆発音が響いた。ダムボルの戦闘員たちが飛びだしてくる。

「ロボットがくるぞ！」ひとりが叫んだ。

ダムボルが腕をあげ、手首につけた装置をいじるのが見えた。あらゆるすみからクラン人があらわれ、大あわてで外側ハッチへと駆けてくる。外で待機していた浮遊機もダムボルの合図を受信した。クラン人戦闘員を収容すべく、移動しはじめる。

ちいさいほうのハッチからパイロットが出てきた。ハッチに押しよせるクラン人の群れに目をやり、満足げなそぶりをする。そこへダムボルが立ちはだかり、

「待て、そんなに急ぐな」と、いった。

パイロットは立ちどまったまま、表現しがたい目つきで相手をじっと見すえて、

「なにを考えている？　時間がない……」

「やるべきことをかたづける時間は充分ある」ダムボルがきつい声でさえぎる。

その手にブラスターの銃身が光っていた。

7

「きみの不満に気づいた首領がわたしに任務をあたえた」ダムボルがいう。「組織の目標に賛同できなくなった者がどうなるか、知っているな」

「やめろ！」オルバンは叫んだ。「どうかしている！　ロボットが攻撃してくるぞ。もっとましなことを……」

ダムボルのブラスターがはげしく火を噴く。パイロットまでの距離は三メートルもない。計画遂行者のからだにビームが命中。かれは叫び声をあげ、くずおれた。

「浮遊機に向かえ！　撤退！」と、ダムボルが指示を出す。

三浮遊機がハッチから滑りこんできて、ドアが開いた。地味な濃褐色の日常着姿のダムボルは機に近づくと、筋肉質の腕をのばし、からだにはずみをつけて飛び乗る。

「むだな抵抗はやめよ！」スピーカーから流暢《りゅうちょう》なクランドホル語が響いてきた。「退路は断たれた」

夜をつつむ乳白色の明るさのなかに、投光器の光芒が浮かびあがる。エアロック・ハッチの向こうにグライダー十数機が見えた。

「裏切り者！」ダムボルは叫んだ。「おまえのせいで、こんなことに……」

ブラスターの銃口が揺らめき、核攻撃のオレンジの炎がエネルギー弾倉からはなたれる刹那、オルバンはよけて転がった。ダムボルの一撃がわきにそれる。そのとき、外から銃声がした。ひろいエアロック室のなかをまばゆいエネルギー・ビームがはしる。

ダムボルは腕を高くあげたと思うと、炎の壁のなかに倒れた。

エアロックにはいった三浮遊機にも逃げ場はない。防衛隊のグライダーが外から滑りこんできた。エアロック室の船内側ハッチのところには重武装の戦闘ロボットがならんでいる。兄弟団の戦闘員になすすべはなかった。浮遊機のドアが開き、無抵抗のしぐさをしたクラン人たちが這いでてくる。

オルバンはふたたび立ちあがった。目の前に、パイロットが苦痛にからだをまるめて横たわっている。かがみこんで見ると、まだ息はあるようだ。だが、ダムボルからうけた傷は命に関わるものだった。

「この痛みを終わらせることもできる」オルバンの仮面を脱ぎすてたアトランは、相手の信頼感を呼びさますような、おだやかな声でいった。「どうしたい？」

パイロットは目を開けた。じりじりするような視線をアルコン人に向ける。

「あんたは……だれなんだ？」と、あえぎながら訊いた。

「本名はアトランという。おぼえているか？　分配ステーションで会った男が意識を失う前、わが名を口にしかけたことを。かつて、たんなるアトランでなかったこともある。わたしはクランドホルの賢人だったのだ。信じるか？」

「信じる……とも」パイロットは苦しげにいった。

「きみが兄弟団をどう思っているか、わたしにはわかる。前に話してくれたな」アトランはおちついた声を出しながらも、切迫したように、「きみのいったとおり、兄弟団は権力に固執する無分別な集団になりさがっている。かれらの勢いをそぎたい。協力してくれ！」

まわりでは、青い制服姿の防衛隊が兄弟団の戦闘員たちを拘束していた。スプーディ船の戦闘ロボットがそれを見守る。浮遊機にいた《ソル》の技術者二名は発見され、いましめを解いてもらった。防衛隊は兄弟団がスプーディ船にしかけたカプセル爆弾のありかを聞きだし、それを無効化するため、ロボットとともに船内に散らばっていく。クラン人とロボットが大声を出しあい、あたりは筆舌につくしがたい混乱ぶりで、喧噪は耳を聾するばかり。

だが、アトランもパイロットも周囲の騒ぎには目もくれなかった。

「わたしの……ベルトの……」パイロットは息もたえだえに、「なかに……」

それ以上は声がつづかない。

「兄弟団の首領の名が知りたい」アトランはせっぱつまって、「どこにいるのだ？」

「ウルスフに……」パイロットがうめきながら答えた。「いる……汚染された男……デリルだ……」

大きなからだが痙攣《けいれん》したと思うと、たてがみに縁どられた頭ががくりと落ちる。壊し屋と名乗ったパイロットは落命した。

＊

ちいさな物体が手から手へとわたされていく。一方の面が細かくかたい無数の毛におおわれた金属プレートだ。シスカルはそれをためつすがめつ見て、いった。

「複雑な鍵ですね。なにかヒントがないと、適合する錠を見つけるのに何年もかかりそうです」

アトランはパイロットのベルトを床から持ちあげ、

「かれはこうなることを予想していたのだ」と、応じた。「用心深くかくしていたメモがあった。壊し屋ほどの計略家かつ思索家がこういう重要事を見おとすはずはないと確信していなかったら、わたしも探すのをあきらめていただろうが」

そういうと、ちいさなフォリオをひろげる。肉眼では判読できないような文字で、銀行の連絡番号と私用金庫の記号が書かれていた。アトランはフォリオをシスカルにわたし、「防衛隊のだれかに調べさせてくれ」と、提案した。

時刻は朝の三時だ。前に二時間以上つづけて睡眠をとったのはいつだっただろう。思いだせない。肉体にたまった鈍い疲労が意識のすみにまで達したのを、アトランは感じていた。すくなくとも報告を終えるまではと思い、薬物を使用したのだが、その効き目も薄れてきている。休養が必要だ。

《ソル》は大きな被害もなく、兄弟団の襲撃をもちこたえた。カプセル爆弾は爆発の前にすべて無効化できた。捕虜にした兄弟団メンバーは十三名、死者が二名。壊し屋とダムボルだ。任務に熱中するあまり、ダムボルに対してパラライザーでなくブラスターを使った防衛隊員は、きびしく叱責された。捕まっていた《ソル》技術者二名の冒険もぶじ終わった。

捕虜たちはいま尋問をうけているが、たいしたことは聞きだせまい。ダムボルとパイロットは、作戦失敗のさいに兄弟団に影響がおよばないよう、配慮したはず。アトランが水宮殿の襲撃後に連れていかれて意識をとりもどしたピラミッドについても、防衛隊が占拠して調べたが、役にたちそうなシュプールはなかった。兄弟団はまるで、無に帰したかのようだった……すくなくとも、クランでの活動に関するかぎりは。

そのぶん、ウルスフでの動きがますます活発になっていた。公爵たちに対する最後通告の期限が切れたのだ。真夜中を過ぎたとたん、惑星内放送ステーションに連絡がはいった。それによると兄弟団は、自分たちに与《くみ》しない植民惑星の住民をすべて人質にし、収容所に追いたてたとのこと。団の要求をただちに公爵たちがうけいれ、なによりウルスフに突撃部隊を送りこまないならば、人質の安全と命は保証するという。さらに、戦闘開始の脅迫をくりかえした。どういう方法でクランを攻撃するかについては触れないものの、有毒物質がばらまかれるかもしれないという恐れは依然としてある。

第一艦隊に警報が出され、ウルスフの方角から宇宙空間に射出されたものはすべて仮借なく破壊せよとの指令がくだった。ただし、廃棄物コンテナ・チェーンに乗ってウルスフからクランへもどってくる空《から》の容器だけは例外だ。自動操作のコンテナ・チェーンは非常に精密な設計による複雑なサイバネティック・システムである。へたに干渉すると、有毒廃棄物の搬出に支障が生じ、重大な危機をひきおこしかねない。

カルヌウムはこの間に公爵グーをサーフォ・マラガンのもとへ送りだしていた。ところがマラガンは、統治者へのアドバイスという賢人の任務を、だれもが仰天するやり方で実行したのである。

「アトランのもとへ行き、助言を仰げ」というのが、賢人の答えだった。

アルコン人は啞然とした。そのようなアドバイスをするとは、いったいマラガンの意識内でなにが起きているのだろう。自分で解決策を探す手間をはぶきたいのか？　策が見つからないほど、現状はいきづまっているのか？　それとも、わたしがなにか見おとしている？　問題の答えは目の前にあるのに、ほかのことにかまけていたせいで、気づいていないだけなのか？

カルヌウムはふたたびグーをマラガンのところへ行かせたが、答えは同じだった。危機解決の手段はアルコン人の双肩にかかっているということ。

＊

「まさに自殺行為ですな」ムサンハアルが淡々といった。

データ端末のスクリーンに数字の列がはしっている。

「どういう意味だ？」アトランはかたくなに応じた。せめてあと一時間、薬物の効果がつづいてくれ！　そう願ったのち、「どれだけ早くコンテナから脱出するか、問題はそれだけだろう」

「そうおっしゃいますが、脱出できるかどうか」と、ムサンハアル。

「なにをいう。われわれ、宇宙服を着用するのだぞ！」

「われわれとは？」

「わたしとニヴリディド、チャクタル、パンチュだ。われわれがコンテナのひとつにはいりこめたと仮定しよう。目的地についたあとは、どうなる？」

「コンテナは再利用施設に運ばれます。そこでなかの廃棄物をとりだし、成分をチェックして、それがコンテナ表面に記録してあるデータと合致していれば、ただちに処理装置に送られます」

「それは勘弁してもらいたい」アルコン人は苦笑した。「ごみが攪拌機《かくはんき》にのみこまれるときには、数百メートルはなれた場所にいたいものだ。で、ほかには？　容量や重さはチェックしないのか？」

「しますとも」

「ということは、われわれがコンテナから脱出したら警報が鳴る？」

「まさに」

「そうか。悩ましい問題だな。だがおそらく、それに対してはどうにもできまい。つまり、兄弟団はなにか好ましからぬものがウルスフにやってきたと知ることになるわけだ。だからといって、この作戦、成功の見こみがないわけではない」

「まったくべつの問題についてたずねますが」カルヌウムが割りこんだ。「そもそも、どうやってコンテナに乗りこむつもりです？」

「いいたいことはわかる。廃棄物集積所に行くのも容易じゃないのに、コンテナのなかにはいれるのか、というのだな？」と、アトラン。

「そのとおりです。コンテナへの廃棄物積みこみは封鎖施設でおこなわれる。施設内に有機生物がいるのをセンサーが感知したら、作業がストップします」

「センサーをごまかす手段はないのか？　あるいは、作動しないようにするとか」

「そうすると、積みこみ作業が遅滞するのは避けられず、コンテナ輸送の予定が変わってしまいます。ウルスフにすぐ気づかれるでしょう」

「わかった。なら、途中で乗りこむしかないな」

「ウルスフからのコンテナ・チェーンは監視されていますよ」と、アルツィリアが警告。

「コンテナがクランへ飛行してくる途中にだれかが乗りこめば、かならず見つかってしまいます」

「気がめいる話ばかりだな」アルコン人は嘆息する。「それでも、あきらめないぞ。だったら、コンテナがウルスフから監視できない場所にあるときに、乗りこめばいいではないか」

「そんな場所など、どこにも……」ムサンハアルがそういいかけて、口をつぐみ、顔をあげた。アルツィリアと目があう。ふたりは声をそろえて、同時に叫んだ。

「第一艦隊ネスト！」

「よし」アトランの声に安堵がにじみでていた。「ようやく一歩、前進だ」

＊

スクリーンには、両惑星の輪郭、第一艦隊ネストの軌道、コンテナの飛来ルートをあらわした図が表示されている。ムサンハアルが発光ポインターでコンテナのルートをさししめし、

「現在、クランとウルスフと恒星クランドホルを結ぶ線は、直角三角形をなしています。直角にあたるのがクランドホル。これを考慮すれば、もっとも都合よくいった場合、十二分のあいだコンテナが第一艦隊ネストによってかくれ、ウルスフから見えなくなります」

「そんな短時間ではとても乗りこめまい」と、カルヌウム。

「あわてるな」アトランがたしなめる。「われわれ、クランでなくネストから出発するのだから。コンテナはどれくらいの距離までネストに近づくのだ?」

「二千キロメートルより近いかと。ただし、もっとも近づいた瞬間から五十秒後には、ふたたびウルスフから見えるようになるでしょう」

「外殻にシュプールをのこすことなくコンテナにもぐりこむのは、なかなかむずかしいのだろうな」アルコン人がむっつりという。

「十二分しかないのですから、不可能です」ムサンハアルは深刻な顔で答えた。

「では、前もってコンテナに細工するしかない。ウルスフからクランにもどってくるさいに」

「それも兄弟団に見つかりますよ」と、アルツィリア。

「たしかに」と、ムサンハアル。「だが、なんの支障がある？　こちらが空きコンテナへの細工を予測し、爆弾の類いがしかけてあるのではと警戒することを、兄弟団は見こしているはず。われわれがそうした陰謀に対して防衛をはかるのは当然だ。どうやって？　こちらにくるコンテナを検査することによってだろう。それを疑問に思う者はいまい。とりわけ、クランへの飛来時にコンテナ内に〝密航者〟が乗りこんだところで意味はない、と、考えられている場合は。どのみち、廃棄物積みこみ作業のさいに見つかってしまうのだからな」

アトランはアルツィリアの反応に注目した。女クラン人は賛同のしぐさをして、

「それもそうね。兄弟団はこちらがそうした行動に出ると予測しているはず」

「コンテナにかくし扉をつけては？」と、カルヌウムが提案。

「すばやく開閉できるものがいい」アトランもその案に乗る。

ムサンハアルが手を振り、おどけたようすでうんざりしてみせた。

「ええ、ええ、お望みどおりに！　しかし、よく考えてみてくださいよ。どれがそのコンテナなのか、探しだせるようにしないといけない。ほかのとまちがえる可能性はおおいにある。タイミングも慎重にはからなければ……宇宙の光よ！　配慮すべきことは山ほどありますぞ！」

「ひきうけてくれるか、ムサンハアル？」カルヌウムが訊く。

「ほかにだれがいますかね？」侍医は淡々と答えた。「だが、協力は必要です」

「わたしが手伝うわ」アルツィリアが申しでた。

「われわれ全員、手伝うとも」カルヌウムも力をこめて応じる。

アトランは立ちあがり、満足げに笑みを浮かべて、

「感謝する、わが友たち。とくに、わたしに協力しろといわないのがうれしい。なにしろ、任務の途中で眠りこんでしまいそうなほど疲れているのでね」

＊

目ざめたときは体力も回復し、好調をとりもどしていた。五時間の睡眠と細胞活性装置の働きにより、疲労が解消したのだ。ゆっくり入浴し、軽い朝食をとる。それからアトランは忠臣三名を呼びだし、計画について説明した。危険な任務だということも、かくさず伝える。

「ひきうけるかどうかはきみたちの自由だ。好きにしていい」と、アトラン。

「われわれがあなたをひとりで行かせると思うので？」ニヴリディィドが憤慨してみせた。

チャクタルとパンチュもプロドハイマー＝フェンケンに同意する。アトランは心揺さぶられる思いがした。《ソル》に乗ってテラへ帰るときになったら、この三名がいない

のをさびしく感じることだろう。

公爵の広間に通信をつなぐと、カルヌウムは一時間たらず前に就寝したと聞かされた。いい傾向だ。クランに焦眉《しょうび》の危機が迫っていたら、公爵が部屋にこもることなどないだろうから。次に情報部に接続し、最新ニュースの内容要約を再生してもらう。この数時間、兄弟団からあらたな連絡はなかった。そのかわり、アトランはちいさな記事を発見。内容はこうだ。クラン政府は安全確保のため、コンテナ・チェーン経由でウルスフからクランにもどってくる廃棄物コンテナを〝徹底検査〟する。爆弾だのなんだの、ありがたくないしかけが持ちこまれないよう、万全を期す目的だ。国民は冷静に対応すること。兄弟団の反乱はすぐに制圧される……これを読み、アトランはにやりとした。楽観的なやり方ではないか。ムサンハアルは賢明にも、ウルスフからもどってくるコンテナの検査を公表したのである。兄弟団がクランのニュースを視聴しているのはまちがいないから。

インターカムの記憶バンクを見て、シスカルが連絡してきたとわかった。通信をつなぐ。

「お知らせがあります」と、シスカル。「部屋にいてください、いま行きます」

数分して防衛隊長があらわれた。圧縮フォリオのぶあつい束をかかえた重武装のロボット一体がついてきている。

「壊し屋という男、けっして小物ではありません」ロボットが辞去すると、シスカルは口を開いた。「私用金庫のなかにあった記録プレート四枚には、われわれが兄弟団に関して知りたいと思っている全情報がはいっていました」

そういうと、フォリオの束をさげすむように見て、

「ただ遺憾ながら、ほとんどは古い情報でして。これが役にたつのは、団の黒幕を法廷にひっぱりだしてからの話です。壊し屋はかなり昔から兄弟団メンバーだったにちがいありません。記録を読むと、年ごとに不満をつのらせていったようすがうかがえます。根っからの理想主義者でした。救えなかったのが残念でなりません」

シスカルは重要情報がいちばん上にくるように、フォリオの束をならべかえた。アトランの目にとまったのは、ウルスフ地表の一部がしめされた地図だ。老女は右手を大きく動かし、地図の表面をなぞって、

「これがカテンビ谷です」と、いう。「ウルスフでもっとも注目すべき地形のひとつで、宇宙航行時代がはじまる前から、昔の宙航士には知られていました。当時は有毒ガスにおおわれた不毛の岩砂漠でしたが。南北方向にはしっており、その南端は現在ではマタリ海の海岸に合流しています。植物相は熱帯性で、半分がクラン産、のこりはほかの惑星由来のもの。廃棄物処理施設があるのは谷の北方です」防衛隊長はアトランのほうを見た。「運がよければ、そこでコンテナから出られるでしょう。兄弟団の本部拠点はこ

のあたりでして」指さしたのは、谷の両サイドが近づいてきて岩壁をつくっている場所だ。「ここでは谷の幅は十キロメートルしかありません。フォリオの束のなかに本部拠点の写真があります。ウルスフに駐留した最初の部隊が宿舎として使っていたピラミッドです」

「これはなんだ？」アトランは東の山脈をこえたところにあるグリーンの領域を指さした。

「ヌゲツのバイオ・ステーションですね」

「バイオ・ステーション？」

「植物を使い、苛酷な生存条件への適応実験をしています」

アトランはうなずき、

「兄弟団がウルスフ住民を追いたてたという収容所はどこにある？」

「不明です。これと思われる場所はいくつかあるのですが。ただ、こちらの専門家によれば、兄弟団はきっと人質を自分たちの近くに置いているはずだと。おそらくカテンビ谷のなかか、ヌゲツ研究ステーションのあたりでしょう。そこには建物複合体があります」

アルコン人はうんざりした目でフォリオの束を見た。

「この書類の山にぜんぶ目を通したら、えらく時間がかかりそうだ。ムサンハアルがじりじりしないといいが」

クラン人老女は笑みを浮かべ、

「ヒュプノ速習用の記録をつくらせました。一時間あれば、書類の内容がすべて頭にはいります」

シスカルは小柄で……クラン人の基準からするとだが……背も曲がっている。それでもアトランは彼女を見あげるかたちになった。頭ふたつか三つぶん、アルコン人よりも上背があるので。

「感謝する」と、アトラン。「きみの深慮遠謀のおかげで、わが負担が軽くなった」

シスカルは黄色い目に独特の表情を浮かべ、こういった。

「とんでもない。こちらこそ、あなたに感謝しなくては。これは命に関わる作戦です。あなたはそれを、われわれのためにやろうとしている」否定するしぐさに力をこめ、

「礼など、どうかおやめください！」

8

アトランが自分の計画についての議論がおこなわれた部屋へ行くと、ムサンハアルがいた。そこにはいまデータ端末二十四基が増設され、どこもかしこも活発な動きを見せている。専門知識を持つスタッフ四十人以上が、危険をともなう作戦に必要なデータをそろえるのに大忙しだ。

ムサンハアルがアルコン人に合図した。いまはもう、かつてクランドホルの賢人だった男に対する遠慮は消え失せ、ただの一科学者として、こみいった任務を遂行する者に重要情報を伝えるのがつとめと心得ている。

「乗りこむタイミングはふたとおり考えました」と、ムサンハアル。「ひとつめで失敗しても、次のチャンスがあります。これもだめなら、最初からやりなおしですが」

廃棄物コンテナの図がスクリーンにあらわれた。全長四十メートル、直径六メートルのシリンダー形で、両端がすこしふくらんでいる。シリンダーの底部に出っぱりが数カ所あった。ここにフィールド・エンジンを連結し、ウルスフに向けて射出するのだ。ウルスフでコンテナをうけとり、確実に着陸させるのは、第二のフィールド・エンジンである。

ムサンハアルがコンテナの〝機首側〟をさししめした。ふくらんだ外殻から近い場所に、隔壁のようなものがかすかに見える。

「コンテナ内の圧力を一定にたもつための境界板です。廃棄物をその下、つまりコンテナの底のほうに積みこんで圧縮したのち、境界板をはめこみます。板をはめこむ位置がどこまで底に近づくかは、廃棄物の量と、その材質がどれほど圧縮可能かに左右されます。幸運に恵まれるよう祈るしかありません。境界板の上の空間がすなわち、あなたがたの居室になるわけですから」

「飛行時間はどれくらいだ？」アトランはたずねた。

「クランとウルスフ間の距離は現在、二億五千万キロメートル。コンテナの速度は平均で秒速千百キロメートルです。慣性軌道はありませんので、かなりの長旅になりますな。加速・減速機動をふくめ、ほぼ三日というところです」

「さほど悪くない」と、アルコン人。「乗りこむにあたり、どのような準備を？」

「コンテナは六つ用意しました。いずれも機首側外殻のふくらんだ場所に、出入口を設置してあります」ムサンハアルが図の該当部分を発光ポインターでさししめす。「コード発信機で開閉できる、かんたんなエレクトロン錠がついています。発信機は全員にわたします。境界板の上の空間には、最初は不活性ガスが充填されていますが、出入口を開いたさいにぬけます。そのさいは、わきによけたほうがいいでしょう」

アトランはうなずき、

「なぜ、六つなのだ？」

「どのコンテナがいつウルスフに射出されるか、前もって知ることができないからです。出入口つきコンテナを六つも用意しておけば、こちらが考える二回のタイミングに合致するはずだと確信できます」

「すべて考えてあるのだな」と、アルコン人は褒めた。

「ただ、よろこばしくない知らせもありまして」ムサンハアルが顔を曇らせる。「〝乗りかえ〟のさい、コンテナは加速の真っ最中です。あなたがたは加速しているマシンから、さらに加速中の物体に移乗しなければならない。すこしでもミスしたり、ためらったりすれば……コンテナは通りすぎてしまいます！」

＊

アトランは作戦開始までの時間を使い、シスカルにわたされた資料をじっくり見た。資料は壊し屋の金庫で見つけた情報にもとづいており、兄弟団の内部構成およびその司令本部となっているウルスフの施設に関する重要データが、要約のかたちでしめされている。

パイロットが死のまぎわに口にした名前は、資料のなかにも出てきた……汚染された男デリル、兄弟団の首領である。反抗分子には容赦しない暴君だ。第四十七回ルゴシアードの勝者として賢人のもとに招聘されたのだが、すぐに水宮殿から姿を消し、地下にもぐった。その後、兄弟団でめきめき頭角をあらわしていく。デリルに刃向かって謎の失踪を遂げた兄弟団メンバーは十人をくだらない。

ウルスフに強大な拠点を築くというのもデリルの発案だ。しかし、そのウルスフでかれは事故にあった。詳細は不明だが、有毒廃棄物と接触して肉体に損傷をうけたのだ。

〝汚染された〟という呼び名はここからきている。

資料の最後のページにシスカルのメモがあった。

〝黒幕が汚染されたデリルであることはだいぶ前からわかっていたのですが、あれこれやってみても、これまで一度も接近できていません〟

正午になり、パンチュが呼びにきた。ちいさな姿がしょんぼりとアルコン人を見つめた。耳が肩の上まで垂れさがっている。まるで、この世に救いはないといいたげに。

「行きましょう」と、クシルドシュク。「第一艦隊ネストの準備ができたそうです」

＊

重厚なハッチのぶあついグラシット窓からのぞくと、柱、筋交い、ケーブル、支持具に梁《はり》など、クランドホル公国第一艦隊がはいる巨大建造物の基盤部分のごたごたが見えた。上方には惑星クランの、恒星に照らされた地表部分が弧を描いている。

大エアロック室はしずかだった。作戦に使われる特殊マシンが、揺らめくフィールド・クッションの上で浮遊している。まるで上位次元の煙突のようだ。マシン前方には技術機器をそなえた操縦スタンドがある。〝煙突〟の円周上にエンジン環が二本、まんなかと前部から三分の一のところにとりつけられていた。後部の半分がキャビンにあたる。

煙突がスタートしたら、そこにアトランと同行者三名はうつることになっている。

アルコン人は自分の姿を見おろした。身につけているのは、たんなる宇宙服以上の装備だ。快適な空調、食糧補給、自動リサイクル、医療機器など諸装置をすべてそなえた、完璧な生命維持システムである。ひまつぶしのための道具もいくつかある。ニヴリディド、パンチュ、チャクタルも同じものを着用していた。クシルドシュク種族は体長よりも横幅のほうが大きいので、パンチュの宇宙服は横にふくらんでいたが。

操縦スタンドの透明外被を通して、機器を最終チェックしているクラン人操縦士の姿が見えた。ムサンハアルがみずから選んだ操縦士だ。サマソルといい、公爵グーのスタッフのひとりで、まちがいなく熟練の腕の持ち主。くわえて、この《クランの栄光》という誇らしげな名を持つ煙突での任務を十数回も経験している。アトランはたっての希望でサマソルと話したもの。その結果、操縦士はこの作戦を、厄介ではあるがきわめて危険とは考えていないことがわかった。その淡々とした態度が〝乗客たち〟にも波及している。サマソルの役目は監督者である。《クランの栄光》を正しいコースに乗せて廃棄物コンテナに接近させるのは、あくまでセンサーとコンピュータだからだ。万一、想定外の事態が起きて機器類が反応しなくなったような場合に、ようやく操縦士の出番となる。

サマソルが合図して、煙突の後部をさししめした。キャビンのハッチが開く。

「乗ってください、タイミングを逃したくないなら！」低い声がヘルメット・テレカムから聞こえた。

*

キャビンの床は落とし戸のようなしくみになっていた。グラシット板がはめこまれ、そこから《クランの栄光》の後部がどうなっているか見える。壁には金属製の梯子《はしご》が設置してあった。決定的瞬間がきたら、落とし戸が開くはず。二Gをこえる加速の吸引力によって宇宙空間にほうりだされたくなければ、なにかにしっかりつかまっている必要がある。そのための梯子だろう。

煙突は現在のところ通常価、すなわちクランの標準重力一・四Gで加速していた。

「距離、八百キロメートル」サマソルが操縦スタンドから知らせてくる。「あと数分もすれば、あなたがたの乗る快適な宇宙船が右手に見えますよ」

アトランは落とし戸の上にかがみこみ、外の宇宙空間をのぞき見た。第一艦隊ネストはすこし前に視界から消えていた。惑星表面がほんのわずか、グラシット窓の下方に見える。

「距離、五百キロメートル」と、サマソルの声。

窓の右はしにちいさな白い光点があらわれ、ななめ上方に向かっていく。それほど速くない。数分後には大きくなり、いびつな輪郭がわかるようになった。シリンダーだ。前から見るとかたむいており、底部にはプラットフォームのような台座にとりつけたフィールド・エンジンがついている。

「あれが通過してしまうことはないか？」アトランは操縦士に訊いた。

「心配ご無用」サマソルのおちついた声が返ってくる。「もうじきです……そら！」

いきなり加速がはじまった。光点はぐんぐん速度を増し、飛行コースを変える。いまはもうグラシット窓の中央あたりだ。数秒後、サマソルがふたたび、

「コンテナがいま、ウルスフから見えない領域にはいりました。ここからの猶予《ゆうよ》は十分間」

アトランは光点の動きを食いいるように見つめた。いまはただ大きさを増しているだ

けで、静止しているように見える。フィールド・エンジンの台座がはっきり視認できた。不規則に揺らめいている。エンジンによるコンテナの加速価は二・八Gだ。

「くそ、なんだって！」突然、サマソルがあえいだ。

「どうした？」と、アトラン。いやな予感がする。

「クランからの一報です。公爵カルヌウムとシスカルが行方不明になりました！」

＊

アトランはめまぐるしく思考をめぐらした。どういうことだ！　カルヌウムとシスカルが行方不明に？　みずからの意志で公衆の前から姿を消したとは考えられない。公衆だと？　この一報はテルトラス、カルヌウムの側近が発したものではないか！　兄弟団だ！

それ以外ありえない。しかし、なにをたくらんでいる？　水宮殿を支配下におくつもりか？　ふたりをどこへ連れていったのだろう。クランではもはや大衆の支持をあてにできないとみて、ことを有利にするため公爵と防衛隊長をウルスフに拉致《らち》したのかもしれない。だが、どうやって？　あの植民惑星は第一艦隊によって封鎖されているはず。アトランは心のなかで皮肉を飛ばした。ひょっとして、カルヌウムとシスカルも廃棄物コンテナに乗せられたか？

「あと八分」サマソルの声はまた平静にもどっている。

「クランからその後なにか報告は？」と、アトラン。

「ありません。さっきの内容がくりかえされるだけで」

アルコン人はおちつこうとつとめた。どのみち、この状況では手も足も出ない。カルヌウムとシスカルが本当に誘拐されたのなら、できるだけ早くウルスフに行き、兄弟団に決定的な打撃をあたえることがますます重要になる。いまはクランでなにが起きようと、気をとられている場合ではない。目標は、後部方向から近づいてくるあのいびつなかたちの構造物だ。

「あと七分。距離はまだ五十メートルあります」と、サマソル。

アトランは推力にひきさかれるように感じた。反重力装置を作動させて負担を軽くすることもできたのだが、そうはしない。推進力を感じていたかったから。それにより、現状がどうなっているかが本能に伝わってくる。落とし戸の外に出たら、たよりになるのはまず本能だ。

「梯子につかまってください」サマソルの声がした。「落とし戸を開きます！」

アトランはからだをのばし、足で梯子の段を探りあてると、しっかり横木につかまった。周囲を見まわし、同行者三名もそれぞれ安全ポジションを確保したのをたしかめる。

落とし戸の中央が開き、両側にしまいこまれた。キャビン内はスタート後に真空にしてある。外の暗い宇宙空間と同じく、空気はない。

「距離、二十メートル」サマソルはおちついている。「あと六分」

アトランは梯子の横木から手をはなし、胸プレートについた開閉装置を探った。かすかにふくらんだコンテナの前部は、いまや、すぐ目の前にあるように見えた。装置の大きなスイッチを押す。なにも起こらない。コンテナが近づいてくる……五メートルの距離まで接近したとき、その動きが遅くなった。アルコンの神々よ！　装置が故障したのか？

コンテナ前部に細い隙間が生じた。白いもやのようなものが噴きだし、やがて雲となる。容器内のガスが排出され、宇宙空間の冷気で昇華したのだ。四角形の出入口が開いた。《クランの栄光》の後部からもれた光が、開口部の奥を照らす。出入口から四メートル向こうに、境界板の表面がぼんやり見えた。

「距離はもう、あなたがたのほうがよくわかるでしょう」と、サマソル。「あと五分」

「すべて、とりきめどおりだ」アトランはかすれ声で応じた。「出入口が開いた。滞在空間も充分にある。行くぞ！」

「幸運を！」サマソルがいった。

＊

アトランは梯子の最下段をつかんだ。すさまじい推力がかかる。《クランの栄光》後部から外へ向かって身を乗りだした。自分はいま、なにもない宇宙空間で、二・八Gの加速価で進む物体ふたつにはさまれているのだ！

三メートル下方にコンテナ前部の出入口があり、こちらから見て垂直になっている。サマソルは煙突をミリメートル単位まで正確な位置に導いていた。梯子をつかむ手をゆるめれば、自然の法則にしたがって、まちがいなくあの不気味な開口部から内部にはいっていける。

反重力装置をオンにする。ここから境界板の表面までは七メートル。あそこに激突するようなことはしたくない。推力が弱まった。いまからだが感じるのは、自分自身の体重だけだ。アトランは梯子から手をはなした。

ものすごい勢いで進んでいく。周囲が暗くなったと思うと、なにかかたいものにぶつかった。息がとまり、一瞬気を失いかけたが、すぐに立ちあがる。見あげると、七メートル上でニヴリディドが梯子の最下段につかまっているのが目にはいった。

「きていいぞ！」アトランは叫んだ。

プロドハイマー＝フェンケンが、弾丸のように落ちてきた。アルコン人よりも柔軟なからだの持ち主は、ばねのきいた脚でうまく衝撃をうけとめ、甲高《かんだか》い声で勝利の雄叫《おたけ》びをあげる。

「あと三分」サマソルの声が《クランの栄光》の操縦スタンドから聞こえた。

パンチュがつづいた。すごい勢いで墜落し、わきに転がっていく。しんがりはチャクタル。不器用そうに見えるアイ人は、まるで曲芸師のような身のこなしで任務を遂行した。あとから判明したが、反重力装置を〇・五Gに調整していたのだ。

「乗りかえ完了」アトランはサマソルに報告した。「すばらしい働きに感謝する！」

「給料ぶんの仕事をしただけです」操縦士は皮肉を返してくる。「時間がありません。あと八十秒で、ふたたびウルスフからの視界にはいってしまうので」

四角いコンテナ出入口の上方で、《クランの栄光》の後部が方向転換したと思うと、数秒後には見えなくなった。最後にサマソルがこういうのが聞こえた。

「危険な任務に向かうあなたがたに、宇宙の光の慈悲がありますよう！」

アトランは胸プレートのスイッチを操作して出入口を閉めた。開閉メカニズムは問題なく作動する。コンテナを外から見ても、ここにドアがついているとはだれにもわかるまい。反重力装置が一Gの快適な値《あたい》になっているのを確認したのち、周囲を見わたしてみる。

境界板の材質は弾力性に富んでおり、表面はなめらかだ。ヘルメット・ランプの明かりで見ると、薄いグレイと褐色がまじったなんとも表現できない色をしている。この下に数トンもの有毒廃棄物が積載されていることをしめす形跡は、なにもない。境界板の上の空間は高さもひろさも充分だが、じつに殺風景《さっぷうけい》だ。目をひくようなものは皆無。飛行時間はおおかた眠ってすごすのが得策かもしれない。

パンチュはいつのまにか墜落の衝撃から回復していた。ヘルメットの奥で悲しげな目をして、

「クシルドシュク種族はこういうジャンプに向いていないので」と、泣き言をいう。

「次のときまでには練習しておきます」

「次はないから安心しろ、パンチュ」アトランはなぐさめた。「われわれ、ウルスフに向かっている。そこでやるべきことをやったら、快適な連絡船に乗ってクランへ帰るさ」

そういうと、クロノグラフを見た。あと四十分で、フィールド・エンジンの台座がコンテナから切りはなされる。そこから長い無重力の旅がはじまるのだ。ウルスフめざして……兄弟団に向かって。

＊

第一艦隊所属の連絡船《ガムラアル》が、クランでのみじかい滞在を終え、駐留ポジションにもどってきた。ウルスフまで八万キロメートルのポジションである。その後すぐに、当該ポジションでの未知エネルギー活動を、艦隊のべつの船が探知した。《ガム

ラアル》に照会してこの不穏なインパルスの原因を問いあわせようとしたが、返答がない。これを聞いて、第一艦隊の旗艦艦長マルリンクは《ガムラアル》のもとへ部隊を派遣した。通信の呼びかけに応じないようなら、危急の場合は船内に侵入せよと命じて。

実際、呼びかけへの応答がなかったため、特務コマンドは船内にはいった。そこで正規乗員の半数ほどが意識を失い、船尾の一キャビンに倒れているのを発見。のこりの乗員が跡形もなく消えていることも、そのとき判明した。

司令スタンド付近には爆発の跡があった。シュプールを分析した専門家たちは、意図的に設置された爆弾によるものと結論を出す。残骸のなかから、高機能転送機の部品が見つかった。

意識をとりもどした乗員たちにきいてみても、真相は不明だった。クランを出発したさいは、それぞれ持ち場についていたという。全員が口をそろえて、いきなり気が遠くなったというのだ。おそらく、だれかが突然だまし討ちのようにパラライザーを発射したのだろう。

消えた乗員のなかに、第一から第五までの船長がふくまれていた。全員が最初から兄弟団メンバーだったか、なんらかの理由で秘密結社の作戦に加担したのは明白である。艦隊のべつの船が探知したエネルギー活動は、転送機の作動によるもの。それが役目を終えたのち、爆弾で破壊されたのだ。転送機の目的地は八万キロメートル先のウルスフ以外ありえない。

この知らせを聞いて、ムサンハアルは確信した。カルヌウムとシスカルの行き先が判明した、と。

ウルスフ決死隊

クルト・マール

1

無重力飛行も二日半を過ぎて、旅の終わりをしめす決定的瞬間が近づいた。アトランは出入口を開き、周囲をうかがってみた。はるか前方に三日月形のウルスフが浮かんでいる。クランの姉妹惑星、この奇妙な旅の終点である。出入口からは、六十時間あまりのあいだ自分たちの宇宙船であった廃棄物コンテナの、なめらかな金属外被が見えた。

そこへ、プラットフォームのかたちのフィールド・エンジンが上から接近してきた。アトランは急いでコンテナ内にひっこみ、出入口を閉める。フィールド・エンジンには視認メカニズムが搭載されているからだ。コンテナを連結してウルスフ地表に着陸する前に、そのメカニズムをもちいて積み荷を検査するのである。

プラットフォームはウルスフの数千キロメートル上空で連結作業にかかった。エンジンが後部から接近し、廃棄物をつめこんだコンテナとつながる。連結が完了し、マグネットと締めこみ蓋で固定され、大型ボルトがはめこまれると、コンテナ外殻から大きな音が響いてきた。一連の作業はすべて自動でおこなわれる。クランの卓越したロボット技術のたまものだ。

最初の減速機動がはじまる。コンテナの〃機首〃にひそむ乗客四名は、四分の一Gの推力がかかり、二十秒後にふたたびとまったのを感じた。問題はここからである！

プラットフォーム形フィールド・エンジンの光学センサーがコンテナに貼られたラベルを読みとり、そこに書かれた内容と、自動作業により事前通告された積み荷のデータを照合するのだ。両方のデータは一致するはず。エンジンはウルスフの地上ステーションとコンタクトし、コンテナの現在速度を入手している。コンテナの質量と、二十秒間の減速のさいに投入された推進力から判断し、速度をどれくらい落とすか、あらたに決定するわけだ。

こうして算出した値《あた》いをエンジンが地上ステーションに伝える。ステーションはそこからあらたな計算結果を出し、コンテナの実速度を報告してくる。

ついにきた！

計算上の値いと実測値が一致しなかったのだ。コンテナの質量が密航者四名のぶんだけ、データの値いよりも大きいのだから。自動装置はどう反応するだろうか？

アトランの仲間三名は、二日半のあいだ宿舎となった殺風景《さっぷうけい》な円形の空間にうずくまっていた。他者の感情が読めるプロドハイマー＝フェンケンのニヴリディド、ヒュプノ暗示能力を持つアイ人のチャクタル、シュプール探知にすぐれ、テラのバセットハウンドに似たクシルドシュクのパンチュである。三名の視線がアトランに注《そそ》がれた。かれなら答えを知っていると期待するように。ニヴリディドはつぶらな瞳を向け、チャクタルは有柄眼をまっすぐにのばし、パンチュはこの世の嘆きをすべてうつしだしたような目でこちらを見ている。ヘルメット・テレカムを通して重い息づかいが聞こえてきた。

震動がはしる！　エンジンが作動したのだ。推力がぐんぐん増し、まるで巨人の手で床に押さえつけられているように感じる。加速圧が一定値になるまで待ったのち、アトランは宇宙服の反重力装置を操作した。しだいに強くなる人工重力フィールドにつつまれるが、やがて浮遊しはじめ、推進力を調整することができた。音声命令を発し、ヘルメット・ヴァイザーのデータ領域に人工重力フィールド値を光らせる。その数字を読んだ。

二・八G！　クラン出発時の加速、および、ウルスフ着陸時の減速における標準値である。自動装置は質量の差を認識したものの、それを危険とは判断しなかったのだ。着陸動作はそのまま進んでいる。

「切りぬけたぞ！」アトランは叫んだ。

いささか皮肉な状況であった。かつてアルコン帝国の皇帝だった男が、クランからウルスフに向かうのに、全長四十メートル、直径六メートルのシリンダー形ごみバケツに乗りこんでいるとは。

＊

クランでは助言者役の交代がおこなわれ、アルコン人は二百年つづけてきたクランドホルの賢人の座をおりた。その役目はいま、若い一ベッチデ人にひきつがれている。ソラナーの子孫で、知性を向上させるスプーディとの親和性が非常に高い男……サーフォ・マラガンだ。かれはいまクランで、水宮殿《みずきゆうでん》の最奥の部屋に横たわっている。頭上には無数のスプーディからなる凝集体が浮遊し、マラガンの意識と共生状態にある。ベッチデ人は賢人の機能をひとりではたすのではなく、公爵グーの下におかれていた。グーは重傷を負ったが、回復に向かっている。マラガンの意識と対話するなかで公国の利益となる助言を提示していくのが、かれの役目だ。

グーのあらたな役目についてはクラン国民にも知らされた。新賢人の最初の託宣は、ツァペルロウの死によって弱体化した公国の三頭政治を復活させよ、というもので、選挙委員会が招集され、三人めの公爵を選ぶ準備がはじまった。ところが、この展開をよしとしない一勢力があった。兄弟団だ。賢人に長く敵対してきたこの地下組織、近ごろでは政治参加に興味をしめしていたが、ついに真の目的を明らかにした。すなわち、独裁統治である。

兄弟団の本部拠点があるウルスフはいま、封鎖状態だった。クランの内惑星で人口はすくないが、その全住民を兄弟団は人質にとり、収容所に押しこめている。目下、クランとウルスフを結ぶ唯一の手段は、廃棄物コンテナ・チェーンである。有毒廃棄物が積載された容器をとぎれることなく輸送する、サイバネティック・システムだ。ほぼ完全に都市化されたクランで出る有害ごみを、ウルスフで再処理し無害化している。

《ソル》はスタート準備を完了し、水宮殿をかこむ巨大広場ダロスの上空に浮いている。クラン人乗員は船を降り、水宮殿にいる賢人の従者すなわちソラナーたちが乗船を待っていた。目的地はテラだ。だが、テラへ出発する前に、アトランにはまだやるべきことがあった。

兄弟団が危険な敵となったからだ。かれらは公国に巣食う癌細胞で、賢人が過去二百年に築いたものをすべて破壊しようとしている。兄弟団に由来する危機をとりのぞいてからでないと、ヴェイクオスト銀河を去る決心はつかない。

アルコン人が廃棄物コンテナに乗りこんだのは、いまのところ、クランからウルスフに向かう手段がほかにないためだ。というわけで、直径六メートル、高さ四メートルの殺風景な空間にいる。過去のルゴシアード勝者のなかから選びぬいた、忠実な三名の友といっしょに。

敵もまた、かつてのルゴシアード勝者だ。デリル、またの名を〝汚染された男〟という。兄弟団の暴君的な首領である。

アトランは公爵カルヌウムとともに作戦を練ったもの。ところが、作戦開始後まもなくカルヌウムとその側近、クラン防衛隊長のシスカルが誘拐されたと知らされたのだ。犯人についての情報はまだないが、兄弟団のほかには考えられなかった。

*

フィールド・エンジンの単調なうなり音がちいさくなり、べつの音が聞こえてきた。空気の噴出音である。コンテナがプラットフォームとともに降下し、ウルスフの地表に近づいたのだ。コンテナ内の重力はまだ一G以下である。

アトランは出入口に目をやった。かくし扉を開いて周囲をうかがいたいという誘惑は耐えがたいほどだった。シスカルに見せられた映像を脳裏に呼びおこす。灰白色の金属で舗装された面が、カテンビ谷の東境から西の山脈まで数十キロメートル幅にわたってひろがり、不格好な建物がそこかしこに、一見なんの脈絡もなく建っていた。制御ステーションである。

そのほか、地面にはシリンダーのようなかたちのくぼみが数十あった。コンテナの着陸場所だ。エンジンがこの〝受け皿〟にはいったのち、コンテナの中身があけられる。くぼみの下にある廃棄物吸収装置が作動し、有害物質を吸いとるようになっている。

ひろい平地には、一ヵ所から放射状に溝が掘られた場所があった。万一、事故が発生した場合に、液体有毒物を回収するしくみだ。はるか西のほうには再利用できないごみを宇宙空間に捨てるための施設がある。ヴェイクオスト銀河の主宙域から〝垂直方向に〟射出し、最短ルートで銀河内虚無空間に廃棄するのだ。

アトランの緊張は高まった。いつコンテナを出るべきかは正確にわかっている。中身をあけはじめる、まさにその瞬間だ。早く動きすぎれば、制御ステーションに対処の余地をあたえることになり、脱出が不可能となる。考えられる処置として、コンテナはすぐ逆コースに乗せられ、宇宙空間に投げだされるだろう。

動くのが遅れれば、境界板ごと廃棄物もろとも吸収装置にのみこまれ、地下の処理施設に送られてしまう。

ベストタイミングを選ばなくては！　アトランは息をつめ、エンジン音に聞き耳をたてた。音が弱まり、フィールド・エンジンのうなりが不規則になる。コンテナを正しい位置に降ろすため、コースの最終調整をしているようだ。

軽い衝撃があり……足もとの境界板がわずかにはずんだ。コンテナが着陸したのだ。数秒が経過。全員、反重力装置を準備して待つ。ボタンをひと押しすれば、すぐさま上昇できるように。

　コンテナの内壁に高い音が響いた。中身をあけるさいに滑らないよう、把握装置がコンテナの金属部分をつかんだのだ。アトランは思わず目を閉じた。いまはもう、おのれの平衡感覚だけがたよりである。

　きしみ音がして、床がかすかに揺れた。コンテナがかたむきはじめる。

「いまだ！」アルコン人はいった。

＊

　出入口が開いた。三日近くもヘルメット・ランプの鈍い光に慣れていた目に、恒星光がまばゆい。アトランは四角形の開口部に向かった。周囲を見る余裕はない。友たちのじゃまにならぬよう、すぐ外に出なくては！

　慎重に反重力装置を操作。あまり高く上昇してはまずい。くぼみの周囲をめざした。背後でコンテナがかたむいていく。地下深くのどこかから、不吉なうなり音が聞こえた。廃棄物吸収装置が暖機運転をはじめたのだ。

　上を見ると、影があった……チャクタルだ。うしろにパンチュとニヴリディドもいる。全員やりとげたな！　アトランは安堵し、くぼみの周囲に向かった。反重力装置のおかげで体重を感じない。乗ってきたコンテナは、ほぼ水平にまでかたむいている。アルコン人が胸プレートのスイッチを押すと、コンテナ機首側の出入口が閉まり、四角い開口部は見えなくなった。

　廃棄物吸収装置のうなりが恐ろしげな轟音《ごうおん》に変わった。コンテナ内部には圧縮ガスが充塡される。温度が百度以上もさがり、中身のあいたコンテナ表面に結露した水蒸気が白く凍りついた。

「フォーメーション形成！」と、アトラン。

　四名はたがいに手を握りあった。パンチュはアルコン人の左手をつかみ、チャクタルはそのベルトにしがみつく。アトランはあいた右手で反重力装置を操作する。かれはつまり、四種類の生物で構成された〝奇妙な物体〟の駆動機関ということ。廃棄物処理ロボットはこの物体がどんな性質を持つかも、どこからきたのかもわからず、論理システムから煙が出るほど頭を悩ますだろう。

　目的地は近くの制御ステーションだ。ただし、いちばん近くではない。そこはおそらく、たったいま着地したコンテナを担当しているから、警報が鳴る恐れがある。南東に三キロメートルほどはなれた場所の灰白色の舗装面に、窓のないさいころ形の建物が建っていた。アトランはそこへ向かうつもりだった。

　四名はなめらかな地面すれすれに進み、不規則な間隔で畝《うね》のように掘られた溝を横切っていった。全員でからだを水平にし、平行移動をつづける。

ひろい敷地に鋭くみじかい笛のような音が響いた。アトランはクシルドシュクが左手をぎゅっと握ってきたのを感じた。

「おちつけ」と、小声で、「発見されるのは計算のうえだ。向こうはわれわれをどうあつかうか、はかりかねている。ロボットの定義からすると、こちらは廃棄物にすぎない。まずはどうすれば無害化できるか考えてくるだろう」

「ロボットがうしろにいます」ニヴリディドが知らせる。

アトランは振り向いた。さまざまなかたちの廃棄物処理ロボットの一団が、北西方向から押しよせてくる。どこから出現したのかまるで謎だが、灰白色の舗装面の下にある土台部分にハチの巣を思わせる穴が無数にあいていた。おそらく、肉眼では見えない出入口がたくさんあるのだろう。

ボウル形胴体を持つロボットが見えた。ボウルの周囲に柔軟な把握アームがついている。べつのロボットは巨大なオイルタンクのようだ。これらのすぐそばを、子分のマシン五体がとりまいている。大型ロボットが捕獲しそこねた廃棄物をひろいあつめたり、とりのぞいたりする役目らしい。

さいころ形の制御ステーションまで、まだあと二キロメートルある！

ロボットたちが隙間をつめた。ボウル形マシンが前進する。目の前の奇妙な物体を、ごみが凝集した状態と判断したようだ。把握アームが近づいてくる。金属製の鉤爪の束が開いた。アトランは反重力装置に手を置き、鉤爪がヘルメットをつかもうとしたとたん、いきなりコースを変えた。

恐ろしい把握アームはなにもすることなく通りすぎ、鉤爪が空《くう》をつかんでがちゃりと音をたてた。マシンが方向転換し、ふたたび捕獲にかかる……追うほうも追われるほうも、時速二十五キロメートル以上のスピードで動きまわりながら。

アトランは二度めの攻撃もかわした。すると、こんどはタンクに似たロボットが戦列にくわわった。この廃棄物が動きまわることから、液体の可能性もあると考えたらしい。即座にオイルタンクの内部から巨大な吸引ホースがのびてきた。あまりのすばやさに、アトランはコースを変更するひまがなかった。ホースが宇宙服の表面にしつこく触れてくる。アトランは強く吸いつかれてひっぱられ、方向感覚を失ってよろめいた。あいたほうの手で必死にベルトの武器を探る。

鋭い音とともに集束エネルギー・ビームがひらめいた。ホースはだらりと垂れさがり、すぐに収納される。その残骸がアトランからはなれて地面に落ち、数メートル先に転がった。

＊

「気をつけて……まだきます！」パンチュがささやいた。

こんどはたいへんだ。東のほうからやってきたロボット軍団は、ごみのかたづけなど念頭にない。その任務は異物体の分解である。ボウルもオイルタンクも子分たちも後退した。

一刻もむだにできない。制御ステーションまではまだ一キロメートルある。鋭い笛の音が相《あ》いかわらず鳴りつづけていた。有毒物質が拡散したという警報だ。アトランは神経を研《と》ぎすましてロボット軍団を凝視した。ステーションのほうを横目で見て、そこまでのコースを確認する。

「最初の攻撃がきたら、ただちにフォーメーションを解く」と、仲間に告げた。

反重力装置をオンにする。いきなり重力が変化。高く上昇したと思うと、また下にひきもどされた。くっついていた仲間もつられて不規則な動きをし、コースが定まらない。アトランはかたときもロボットから視線をはなさなかった。まだ数百メートルほどはなれた場所にいる。こちらのコースが不安定なため、狙いをつけられないのだろう。マシンは廃棄物からある一定の距離をたもつようプログラミングされている。ごみに武器を発射すれば、爆発するかもしれないからだ。ロボットには放射能汚染に対し自衛する義務がある。一度汚染されてしまうと、面倒な洗浄プロセスを施さないかぎり、使えないのだ。

鈍い光がひらめく。ビームが発射された。

「いまだ！」と、アルコン人。

全員、てんでに散らばった。宇宙服の胸プレートに手をのばし、反重力装置を最高出力にする。四名は上昇気流に乗った羽根のように、雲ひとつないウルスフの空にのぼっていった。

ロボットは制動をかけて停止。この瞬間、マシン軍団とそれを操縦する制御ステーションのあいだでポジトロン制御によるコンタクトがおこなわれていることが、アトランには容易にわかった。

これまで固体あるいは液体と識別されていた正体不明の有毒廃棄物が、空気より軽い物質に特有な動きをしめしたのである。気体として再識別すべきか？

鋭い笛の音がトーンを変えた。こんどは低くくぐもった、霧笛のような警報だ。アトランは上を見あげた。青空のもと、あちこちに光点が見える。自動制御装置が未確認廃棄物は気体であると判断を変更したため、上空のゾンデの出番となったのだ。これは施設周辺が汚染されないよう、有毒ガスを追跡・管理する役目を負う。

武装ロボットは方向転換し、それぞれの拠点にもどっていった。

「ステーションの屋根の上に集まれ！」と、アトランは命令。

四名はたがいに近づいた。さいころ形の建物まではもう数百メートルほど。そちらに向かい、屋根に着地するように見せて高度を落としていく。

「すべてはただひとつの動きであるかのように見せねばならん」と、アトラン。「ためらったり、同じところにとどまったりするな！」

屋根の周囲がすぐ下に見えてきた。アトランは反重力装置の出力を絞り、降下しはじめた。人工重力を失ったごとく放物線を描き、石のように落ちていく。地面に墜落する寸前、体勢をたてなおし、速度を落として着地した。そのあとからニヴリディドとパンチュがつづき、アイ人がカモメのように優雅におりてくる。全員、ほとんど地面に触れるか触れないかのところまできてから、反重力装置をオフにした。さいころ形建物の影に横たわり、そのまま動かずにいる。

「いいぞ。じきにここまで調べにくるだろう」

アトランは重い宇宙服のファスナーを開けて脱ぎすてた。熱帯の暑さがまとわりつく。生命維持システムのもとで快適な涼しさを満喫していた肉体が、汗ばみはじめた。警報は相いかわらず鳴り、雲ひとつない青空のもと、数十のゾンデが光りながら、一秒また一秒と気化していくように見える有毒ガスの行方を追跡している。アルコン人は宇宙服のポケットからちいさなフィルターをふたつとりだし、鼻の穴につめた。有毒ガス警報が鳴っているあいだは、これをつけておかなければならない。宇宙服の下には、クラン艦隊のとよく似た制服を着用していた。耐衝撃性・耐火性の黒い素材でできており、道具いれにもなる幅広のベルトがついている。ブーツは水色の光る材質だ。アトランは宇宙服からブラスターとパラライザーをとりはずし、ベルトのじゃばらになった部分に押しこんだ。

最後に、脱いだ自分の宇宙服を地面にひろげ、四名がたがいにつながって浮遊していたときの格好に近づける。仕上がり具合を見て、満足げにうなずいた。

それから、色鮮やかなちいさいメダルをベルトからとりだす。クランで用意された装備のなかで、これがもっとも重要になるだろう。廃棄物処理施設の特別検閲官が所持する身分証明バッジだ。

「成功を祈ってくれ」アトランは横たわったままの友たちにいった。その声は鼻につめたフィルターのせいでくぐもっていた。

＊

窓のない建物は着地した場所の近くにあり、壁にはドアが見えた。高さ四メートル、幅二メートルの四角いドアのまんなかに、ちいさなスリットがある。アトランはそこにメダルを押しこんだ。

かちりと音がして、メダルがてのひらにもどってくると同時に、ドアが開いた。建物の中央までつづくと思われる殺風景な通廊がある。奥のほうの壁の両側に、制御ステーションの業務用コンピュータと通信装置がならんでいた。背後でドアが閉まったとたん、天井の照明がついた。

　通廊のつきあたりにもうひとつドアがある。そこから三歩の位置まで近づくと、ひとりでに開いた。向こうには四角形の部屋があり、あまり大きくはないが、有機生命体のためにしつらえたような快適な調度をそなえていた。クラン人サイズの椅子が三脚、高さがあるためアルコン人の上半身が天板から半分しか出ないテーブル、希望に応じて飲み物やちょっとした食事を提供する自動供給装置。さらに、コンピュータ・センターによくある機器も設置されている。スクリーン、音声命令を伝えるマイクロフォン、プリンタ、多目的通信機などだ。

　ドアが閉まると、スクリーンにシンボルが光り、低い声が聞こえた。

「第八制御ステーションへようこそ、特別検閲官」

〝特別検閲官〟は大きすぎる椅子のなかでくつろげる姿勢を探しながら、考えた。コンピュータはいま、こちらを調べているのか？　わたしが異人であり、特別検閲官のはずがないことを見ぬいただろうか？

「なぜ警報が鳴っているのだ？」アトランはできるだけ威厳のある声をよそおってたずねた。

「未確認廃棄物を探知しました」と、コンピュータ。「分類によれば液体で、しかも気体です」

「それはまた独特な分類だな」〝特別検閲官〟が皮肉を飛ばす。「プラズマでもニューガスでもないとすると、チーズをつくるときに出る乳清か？」

ユーモアを解さないコンピュータは答えた。

「当ステーションでは、こうした状態の集合体の構成物質をあつかったことがありません」

「ミスだろう」と、アトラン。「その物体だが、断じて廃棄物ではあるまい」

「ごらんになりますか？」

返事を聞く前に、コンピュータは問題の物体のダイアグラムをスクリーンにうつしだした。宇宙服のような姿が四つ、からまりあっている。だが、映像でわかるのは輪郭だけで、この物体が有機生物四体だということは判明していない。耳ざわりなコンピュータ音声がデータを読みあげる。最初に目撃された時間と場所、推定質量、飛翔方向、これまでの動き……

「やはりそうか」アトランはいらだったようにコンピュータをさえぎった。「この物体は無傷のまま収容したかった。それなのに、おまえたちマシンがよってたかって捕まえようとするものだから、ばらばらになってしまったではないか」

「これはなんですか？」と、マシンが質問。

「わかるのは素材だけだ。クラン艦隊の生命維持システムと同じ材質が使われている。

おそらく、四着の宇宙服がつながったものだ……もの〝だった〟というべきか。重要なのは、毒物ではないということ」

「たしかですか？」

「まちがいない。なんなら、わたしの分析結果を確認しろ」

「任務を遂行します。物体はどこにありますか？」

「建物のドアの外だ。ロボットの射撃をうけてばらばらになったものの一部を、ここに持ってきた」

「なぜ、ここに？　それは第八制御ステーションの管轄ではありません」

「ここがいちばん近かったからだ」アルコン人は答える。「この暑さのなか、わざわざ遠まわりしたい者がどこにいる！」

　コンピュータはしばらく沈黙し、やがて応じた。

「問題の物体を調査するため、多数のゾンデを送りだしました。毒物でないなら、どのように処置しますか？」

「わたしがひきうけよう」と、アトラン。「宇宙服の製造に使われる素材がどういう経緯でクランからきて、廃棄物処理施設にまぎれこんだのか、検証せねばならん」

「どうやって？」

「輸送機を用意してもらいたい」

「目的地は？」

「ここから東方向、施設の境界付近だ。そこにわたしの乗り物があるので」

決定的瞬間だ！　このマシン、特別検閲官が調査をおこなうはずの宿舎がどこにあるか、問いあわせるだろうか？　あるいはこのチャンスに乗じ、どこからどうやって封鎖状態の植民惑星ウルスフにくることができたのか、と、たずねるだろうか？　いや、マシンが政治情勢を知るはずはない。アトランは自分にそういいきかせた。それでも、論理的思考をするより祈りの文句を唱えそうになっているおのれに気づく。

マシンはなぜずっと黙っているのだ？

「調査完了」ついにコンピュータが、「あなたの分析どおり、物体は無毒であると判明しました」

よし！　それから？　輸送機はどうなった？

「輸送機を一機、用意しました。あなたの指示で動くようになっています。警報は解除したので、安全に移動できます」

アトランは椅子からおりた。全身に安堵感が押しよせ、膝が震えるのがわかった。

2

そのクラン人の外観は、ひと目見て嫌悪感をもよおすほどに異様であった。身長三メートル、驚くほど不健康に痩《や》せこけ、左の眼球には虹彩《こうさい》も瞳孔《どうこう》もなく、全体が白く濁っている。事故にあったのだ。口の左はしにひどい傷跡がのこり、唇が失われていた。そのせいで恐ろしげな黄色い牙《きば》がむきだしになり、悪魔が笑ったような様相を呈《てい》している。そうしたてがみはくすんだグレイの剛毛で、毛並みも乱れている。そうした肉体的欠陥から目をそらさせようとするかのごとく、けばけばしい極彩色の衣装を身につけていた。歩くときには足をひきずる。

かれこそ兄弟団の首領デリル、またの名を〝汚染された男〟という。これほど醜い見かけになったのは、高濃度の有毒廃棄物に直接、接触したことが原因だ。だが、傷を宇宙医学手術で修復するのは拒んでいる。自分と対峙《たいじ》した者がこの姿におののくのを見るたび、意地悪いよろこびを感じるから。〝汚染された男〟という別名にも誇りを感じていた。ただ、ほとんどの者は知らないが、デリルは事故のせいでトラウマをかかえている。種類がなんであれ、毒物のことを考えただけで、恐怖でパニックにおちいってしまうのだ。

デリルは窓辺に歩みより、熱帯植物におおわれた地表を見やった。ここは第一次植民隊が宿舎として使っていた古いピラミッドの六階である。人けがなく荒れはてていた。を、数年前に兄弟団が占拠・改装して本部拠点を設置したのだ。この建物群は東の山脈にある険しく切りたった岩壁のすぐ近く、カテンビ谷がもっともせまくなる場所に位置する。巨大な廃棄物処理施設があるのはずっと北のほう、いまデリルがいる窓からは見えないところだ。汚染された男はこの数時間、意志に反して有毒ごみの処理に関わるはめになっていた。

ドアブザーが鳴った。デリルは振り向き、音声命令で開閉メカニズムを操作。クラン人がふだん着る濃褐色の衣服姿の、貧相な中背の男がはいってきた。ニルゴード、デリルの代行だ。兄弟団では第二の地位にあるクラン人だが、とてもそうは見えない。デリル自身が代行に選んだニルゴードは気骨に欠けるイエスマンで、そのおもな任務は首領の意見すべてに唯々諾々《いいだくだく》としたがうこと。デリルはこの男を代行にすることで、自分でも気づかぬうちに、おのれの性格の根本的弱点を暴露していた。強靱《きょうじん》な性格の持ち主なら、代行にはもっともふさわしい者を配置するはずだから。身のまわりを弱者でかためるのは弱者だけである。

た。


「なんだ？」デリルはせっかちに訊いた。

「警報が鳴りました」

ニルゴードはそう答えると、大きな作業デスクのほうへ行き、データ装置をオンにした。

「原因はこれです」スクリーンにいびつな物体がうつる。四つのパーツを適当にくっつけたようなかたちだ。「液体か気体か、制御ステーションの分類でははっきりしなかったのですが、分析の結果、無毒と判明しました」

デリルは正常なほうの目で代行をねめつけ、どなった。

「液体か気体かわからないものが、どうやったら分析の結果、無毒とわかるのだ！」

ニルゴードは曖昧《あいまい》なしぐさをし、

「情報部からの報告がそうなっていまして」と、いう。

「最後の廃棄物コンテナがおろされてから警報が鳴るまでに、どれくらいの時間があった？」

「四分間です」

「その関連性がわからないのか、おまえのちっぽけな脳みそは！」汚染された男が怒りを爆発させ、どなりつける。代行はおびえて縮みあがった。「コンテナが着陸してすぐに、制御ステーションも分類できない未確認物体があらわれたんだぞ！　その物体はいま、どこにある？」

「わかりません」ニルゴードは声を震わせる。

「わからんだと？」

「情報部はこちらを権限のない一般の質問者としてあつかい、ウルスフの住民ならだれでも手にいれられるデータしか提供しないので」代行は自己弁護した。「そうしむけたのは、あなた自身ではありませんか！　われわれが特権情報を申請したりしたら、人目をひくことになるからといって」

デリルの感情は、激昂したときと同じくらい急速におちついた。ニルゴードのいうとおりだ。一般大衆が入手できる程度の情報があれば充分と、そのときは考えたのである。こんな事態が起きるなど、だれに想像できただろう？

「施設の境界ぞいの監視を強化しろ」と、代行に命令。「何者かがコンテナにもぐりこんで侵入したかもしれない」

「ありえますな」ニルゴードがへりくだって応じた。

「銀河内射出システムの準備はどこまで進んだ？」

「監視ロボットの目を盗んで、専門家四名からなるチームを送りこみました。制御ステーションの中枢に気づかれることなく、射出システムのプログラミング書きかえにとりくんでいます。二、三日もあれば終了するでしょう」

「それでクランにごみを飛ばせるようになるのだな？」

「いえ、それで射出システムの準備が完了するのでして」代行が訂正する。「ただ、そのあとは射出方向の変更を制御中枢にかくしておけなくなり、われわれを排除しようとするロボット軍団を相手にしなければなりません」

デリルはいらだってこぶしを握り、

「そんなことが聞きたいんじゃない」と、うなった。「いつになったらクランに毒をぶちまけられるのだ？」

「いちばん早くて四日後でしょう。専門家たちの計算では、一日にコンテナ五百基を射出できると。しかし、そのほとんどは被害をひきおこす前に第一艦隊に破壊されます。クランに到達するのは〇・五パーセント」

「〇・五パーセントだと？　一日にたった二基と半分か？」

「忘れないでいただきたいのですが」ニルゴードは卑屈に答えた。「科学の問題ではありません。われわれの成功に寄与するのは心理的影響です」

デリルは窓の外を見た。恒星クランドホルの赤く燃える火球が西の山の向こうに沈んでいく。空の色が変わりはじめた。深い赤紫色が天をおおい、西の地平線が鮮やかなグリーンに染まる。汚染された男はなんの感銘もうけることなく、

「公爵を連れてこい」と、不機嫌につぶやいた。

公爵カルヌウムは背が高く、威厳ある姿だった。知性を感じさせる大きな目、率直そうな顔。たてがみが銀白色なのは遠い昔に恐ろしい経験をしたせいだが、そのことはもっとも親しい友たちにも話していない。危険なインパルスから身を守るべく、銀色の金属でコーティングした制服ふうの衣装を身につけている。宇宙線やその他の放射がもたらすどこにでもある危機を、カルヌウムは無意識に恐れていた。それが公爵の唯一の奇癖であった。ほかの点では理性的で実務的なのだが。

兄弟団がどうやって気づかれることなくテルトラスに侵入したのか、いまだに謎だった。おそらく、無人の宮殿中央棟からはいりこめる地下施設に誘拐犯を忍びこませていたのだろう。公爵が兄弟団の襲撃をうけたのは、女防衛隊長シスカルと話していたときのこと。あっという間の出来ごとだった。パラライザーを見舞われて意識を失い、気づいたときには宇宙船のなかにいた。あとで判明したのだが、それは第一艦隊所属の連絡船《ガムラアル》で、船長以下の幹部のほとんどが兄弟団の支持者だったのである。船内に設置した転送機を使い、麻痺させたふたりをまずウルスフに送ったあと、自分たちもつづいたのだ。それ以来、公爵はシスカルを見ていない。

隣室とドアでつながったこの部屋に監禁されて、三日になる。快適なしつらえだが、

*

窓はまったくない。これまでに二回、兄弟団首領のところに連れていかれた。悪意が顔に刻みこまれたような男、汚染されたデリルだ。だが、カルヌウムはどれほど不快なあつかいをうけても、相手にきちんと接した。デリルがいうには、ぜひ公爵とともにクランの統治システムを変更し、賢人の排除を実現したいとのこと。それを聞いてもカルヌウムは動じず、興味がないことをかくそうともしなかったため、そのまま部屋に送りかえされた。驚いたことに、デリルはこちらを脅迫しなかった。これには考えさせられたもの。あとどれくらい拒絶しつづけたら、圧力をかけてくるだろうか。どういった拷問手段を使って？

脱走は考えなかった。出入口はもうひとつの部屋につづく仕切りのドアのみ。複雑なエレクトロン錠がついていて、素手では開きそうにない。外には見張りもふたりいる。おまけに、室内にはこちらの動きをすべて監視するスパイ機器が数ダースはあるにちがいない。

ドアが開いた。公爵は立ちあがる。ニルゴードがやってきて、告げた。

「デリルがお呼びだ」

*

カルヌウムが執務室にはいってきたとき、汚染された男の脳裏をよぎったイメージは、具現化した権威であり、公明正大が服を着て歩いているというものだった。公爵の冷たい侮蔑的な視線をうけとめ、デリルは怒りをおぼえた。

どうにか自制し、

「わが提案について、よく考えてみたか？」と、たずねる。

「考えることなどない」公爵はかたくなに答えた。

「無理にでもうけいれさせるぞ！」デリルが大声を出す。

「できるものなら、やってみろ」カルヌウムは冷静に応じた。「だが、重要な点がある。きみの提案は話にならない」

「なぜだ？」

「きみは公爵になるつもりだという。三頭政治でなく双頭政治をとりいれ、わたしとともに政権をになうと提案した。だが本音は……権力者はきみで、わたしはお飾りにすぎないということ！　クラン国民が承知しないぞ」

「国民はみな、もう賢人に従属しないといっている！」

「それは賢人が異人であり、その目的がわからなかったからだ。いまでは全員、賢人の動機を知っているし、水宮殿が政府に提出する提案を公爵グーが文書化するということで納得している。三人めの公爵が決まって三頭政治が完全なものになる日を、クラン国民はいまや遅しと待っているのだ。ところが、兄弟団は……自滅したも同然ではないか！　独裁政権をめざすと宣言したことで、化《ば》けの皮が剝がれたのだ。たとえ、きみが暴力的に統治権を手にいれたとしても、数日のうちに子分たちもろとも、国民から追放されるだろう」

デリルの醜い顔が、自制できない怒りでゆがんだ。

「双頭政治は実現させる！」と、どなりちらす。「あんたとわたしで新体制をつくるのだ。わからないのか？　それなら、あの老いぼれ魔女を拷問する。ばあさんの叫び声を聞いたら、よもやわが提案に興味がないとはいえまい！」

「そんな手間をかける必要はないぞ」カルヌウムはばかにしたように、「シスカルに訊けばいい。おのれへの拷問によってわたしが屈することを望むかどうか」

「クランにごみ爆弾を発射してやる！」

「やってみろ！　お笑いぐさの爆弾など、ウルスフの大気圏をぬけるが早いか、第一艦隊が始末してくれるわ」

「人質たちをひとりずつ処刑する！」

「それはありえない」公爵は脅すような声音《こわね》でいいかえした。「人質にされた罪なき住民たちは、第一艦隊がきみら盗賊集団を根こそぎ殲滅《せんめつ》できない唯一の理由だからだ。人質のあつかいを誤れば、きみはだいじな防衛手段を失うことになる！」

デリルは足音も高く、二歩カルヌウムに近づいた。腕を高くあげてこぶしを握る。ぶちのめすかに見えたが、最後の瞬間に思いなおし、おさえた声を震わせて言葉を吐きだした。

「あんたの尊大さには近よりがたいものがある。だが、そのうち、ひざまずかせるぞ。わたしの前で卑屈に物乞いさせてやる！」

「公爵であるわたしが、盗っ人のきみの前でか？」カルヌウムはおもしろがるようにいう。

デリルは口を開けたまま立ちつくし、苦しげにあえぐような音を喉から発した。かためたこぶしが所在なく揺れる。額には血管が太く浮きあがり、視力のない左目はいまにも眼窩《がんか》から飛びだしそうだ。

「この男を連れていけ！」汚染された男はようやく声を出し、感情を爆発させた。

＊

輸送機がスピードをあげ、廃棄物処理施設の広大でなめらかな敷地から飛びさっていく。西に沈む夕日が、単調な灰白色の舗装をエキゾティックな色に染めた。その舗装面の終点にあたる場所で、輸送機はアトランと〝未確認物体〟を降ろしたのだった。不測の事態は起きなかった。輸送ロボットはどのような指示にも問題なくしたがったもの。

「成功だ」と、アルコン人は、「もう宇宙服を脱いでいいぞ」

目に見えて暮れていく景色のなか、あたりを見まわす。ウルスフの自転周期は十二時間半。夕暮も夜明けも急速に訪れる。廃棄物処理施設の敷地は、カテンビ谷の東境にあたる山の麓《ふもと》までのびてはいない。そこには熱帯植物の森が数百メートルの幅でひろがっている。アトランたち四名は森へ行き、木かげにかくれた。この判断が正しかったことは、谷をぬけられる快適な山道を探そうとちいさな空き地にはいったさい、すぐにはっきりした。

すみれ色の空の下、夕日をうけて赤みがかった金色に輝く乗り物の外被が見えたのだ。アトランは急いで木々の下にもどり、安全なかくれ場から乗り物の行方を追った。山脈ぞいに谷の東側を進んでいく。兄弟団のパトロールであることはまちがいない。施設周辺を監視しているのだろう。ルーチン飛行か？　それとも、処理施設の敷地内で警報が鳴ったので、汚染されたデリルが警戒心をいだいたのか？

光点が北に消えると、アトランはふたたび木かげから出た。兄弟団の本部拠点はここから南に数十キロメートルといったところだが、パトロール機がもどってくることもありうる。あらためて山のほうを見ると、すでに夕闇を背景に、山脈が黒々と不気味に浮かびあがっていた。周囲の状況がまったく見えない。アトランは仲間のもとへ行き、いった。

「パンチュ、前衛をつとめてくれ。歩きやすい道を探してほしい。ニヴリディドは赤外線探知機に警戒しろ。兄弟団がパトロールを出しているから」

全員で宇宙服から、ベルトポケットにつめこめるだけの装備品をとりだした。アトランの要求で、食糧は最低限にする。機器類や銃がはいるスペースをのこすためだ。宇宙服じたいは藪の奥深くにかくした。その前にもちろん、インパルスがもれて敵のパトロールから探知されないよう、エネルギーをオフにしておく。

四名は出発した。クシルドシュクのパンチュは前衛を命じられたことを名誉に感じ、一行をいちばん近道へと導く。それはジャングルをぬけたところにある谷の側道で、かなりの急角度で山のほうへはいりこんでいた。夜明けまでに向こうの山の麓へつけるといいのだが……と、アルコン人は思った。

＊

他者の協力なしに任務を遂行できるなどと考えるのは、幻想だとわかっていた。アトランがクランで聞いたところによると、ウルスフの兄弟団メンバーは数千名。その一部は惑星住民を監禁した収容所の見張りにあたっている。べつのグループはデリルがクランに落とすつもりのごみ爆弾を準備しているだろうし、偵察やスパイといった任務を担当するグループもあるだろう。それでもまだ、兄弟団の本部拠点には千五百名ほどのメンバーがつめているはず。アトランと忠臣三名だけでデリルに立ち向かうチャンスはない。

アルコン人がめざすのは、谷の東方、数キロメートルはなれた場所にあるヌゲツ研究ステーションだ。ヌゲツは自然公園のようにひろがった土地で、研究ステーションには植物実験に関わる科学者や技術者が、クランドホル公国のあらゆるところから集まっていた。要員八百名の宿舎とラボは公園の西側にある。兄弟団は狡猾《こうかつ》にもウルスフ住民を監禁した収容所の場所を明らかにしていないが、できるかぎり目的にそったやり方で人質をとったはずだと、アトランは確信していた。ヌゲツ・ステーションの要員を駆りたてて、熱帯ジャングルの数十キロメートル先にある次の建物群まで連れていくなど、意味がない。おそらく、生物学者たちはステーション敷地内の宿舎にいて、兄弟団メンバーが見張っているはず。

見張りの数はわからない。それでも、研究ステーションの建物に侵入して科学者たちを解放するほうが、汚染されたデリルを不意討ちするよりも根本的に容易なのではないか。人質八百名のうち半分でも戦士として役だってくれたら、見通しはずっと明るくなる。うまくいけば、戦士たちの武器をどうするか考える必要もなくなるだろう。見張りからとりあげればいいのだから。

一行は三時間進んだのち、みじかい休憩をとった。岩壁のあいだから流れてくる水で渇きを癒す。アトランが見あげると、チャクタルがアイ人特有のやり方で頭蓋のくぼみを明滅させはじめた。実際は皮膚の色を変えるだけなので、明滅といってもわずかなものだが、アルコン人はその意味を理解できた。

〈水の流れ方に注目してください〉と、いっている。

アトランは岩壁を投光器で照らしてみた。

「東に流れている」と、驚いたようにいう。「つまり、われわれ、分水界をこえたということ！」

クシルドシュクのほうに向きなおり、

「パンチュ、きみはたいした案内人だ」と、褒《ほ》めた。

＊

東の空が明るくなりはじめた。ニヴリディドがいきなり立ちどまり、ささやく。

「しっ！」

鳥が一羽、寝ぼけたようにひと声鳴くと、ほかの鳥も声をあげた。だが、プロドハイマー＝フェンケンが注意をうながしたのはそのことではなかった。アトランは耳をすませる。谷の下のほうで、どこか遠くから金属の触れあう音がかすかに聞こえてきた。

「パンチュ！」と、声をかける。

クシルドシュクはなにもいわず、未明の薄暮へと出ていった。あたりで鳥たちがいっせいに目ざめて大騒ぎをはじめたため、金属音がかき消される。突然、薄暗いなかに光が生じた。光跡が空をはしり、岩壁の上に踊る。アルコン人は本能的に目を守ろうとして腕をあげた。

「一物体を発見しました！」と、耳ざわりな機械の声がする。

アトランは憤慨しながら合図し、

「投光器をわきに向けろ」と、文句をいった。「なにも見えないじゃないか。こっちへきて、その物体を見せてみろ」

輝く反重力クッションに乗って、クランのロボット三体が近づいてきた。ボウルを逆さまにしたようなかたちだ。閉じた底面から触手が数本のびだしており、先端には特殊な道具がついている。この鉤爪を使って、先頭のロボットが泣き声をあげる〝物体〟をつかんでいた……大きな垂れ耳と悲しげな目をした生き物を。

「すぐにはなせ！」と、アトランは命令。「それはわたしの友で、パンチュという」

「知っています」ロボットが鉤爪をはなすと、クシルドシュクは転がりおちた。アルコン人のうしろにかくれ、安全を確保する。

「パンチュがなにをした？」と、アトラン。

「われわれ、任務を遂行すべく、谷へ毒物の捜索に出ていました。そこにこれがあらわれたのです。素性を確認できなかったため、規則にしたがってもよりの制御ステーションに運ぼうとしたところ、泣きだして、自分はパンチュだと名乗りました。あなたが確認したとおりです」

「有機生命体だとわかりそうなものではないか」アトランは叱責した。

「有機生命体でも毒を持つ場合があります」ロボットがかたくなにいいはる。

「外でなにを捜索していた？　おまえたちの持ち場は廃棄物処理施設だろう。ここには毒物などないぞ！」

「そう断言はできません」ロボットが説明をはじめた。「施設が作動を開始したさい、軽度の事故がいくつか発生しました。そのさいに有毒物質がもれて封鎖区域外に出なかったかどうか、これまで確認できていません。われわれ、そうした毒物の捜索にあたっています。それが見つからない時間が長くなるほど、あなたの言葉の蓋然性が増すわけですが」

「ということは、おまえたちのようなロボット部隊がほかにもいるのだな？」

「はい」

「ぜんぶでどれくらい？」

「あなたにはそれを知る権限がありません」

アトランは色鮮やかな特別検閲官バッジをポケットからとりだし、ロボットの前にかかげた。

「これがなにか、わかるな？」

「はい、特別検閲官」と、ロボット。「ぜんぶで二十部隊です。カテンビ谷の南を捜索する部隊と、われわれと同じく反対側の山ぞいを担当する部隊があります」

「おまえたちの操作はどこが担当している？」

「第十八制御ステーションです。施設内でいちばん南東にあります」

アトランはふたたびバッジをしまうと、

「ごくろう。作業のじゃまをして悪かった」

ロボット部隊は浮遊して去った。〝かくれ場〟を出たパンチュがうしろから悪態をつく。アトランは毛のないまるい頭をなでてやり、

「安心しろ、ちいさいの」と、いった。「ただの無能なマシンだ。クシルドシュクのかわいらしさがわからないとは、見る目がないな」

パンチュはアルコン人を横目で見た。その言葉が本心から出たものかどうか、たしかめるように。

＊

日が昇ったときには山をこえていた。アトランは最初、南よりのコースをとった。かくれ場が必要になった場合にそなえて、建物群につくまでは山ぎわを進もうと思ったの

だ。

風景は手つかずの野生的な美しさにあふれていた。深い森は草原へとうつり、山からの湧き水が小川をつくっている場所にいくつか行きあたる。はじめ平原だった東の土地は、やがて小高い丘となった。アルコン人にとって好ましい状況だ。見通しのきかない地形になればそれだけ、作戦成功の見こみが大きくなる。

アトランはクランで聞いたウルスフに関する噂を思いだし、愉快な気持ちになった。何百トンもの恐ろしい有毒物質で汚染されたごみ地獄で、働き手も技術者も科学者も、クランの三倍の給料を出さなければ集まらないといわれていたもの。ウルスフからの帰還者がまったく違う報告をしても、こうした悪い噂は頑固につきまとった。実際は楽園のように美しい惑星なのに。その事実が明らかになれば、移住希望者がとめどなく押しよせ、政府関係者は総出で対応しなくてはならなくなるだろう。

午前中に何度か、青空を低速で滑空するパトロール機を見かけた。音もなく近づくグライダーを確認するたび、一行はただちに動きをとめ、機がふたたび見えなくなるまで待った。パトロール機のセンサーにひっかかるのは、現況では動いている場合のみ。赤外線探知を恐れる必要はない。強烈な恒星光のせいで地面がまんべんなく熱せられているから、赤外線探知スクリーンは一面、真っ赤に表示されるだけだ。

午後になってすぐ一行は東へ方向を変えた。日没の一時間前、ちいさな丘につく。頂上に登り、遠くを見わたした。ヌゲツ研究ステーションまで、あと二キロメートル弱といったところか。かたちの異なる建物が二棟ならんでいて、建物群の東にはひろい湖がある。ここまではアトランがクランで頭に刻みこんだ地図のとおりだ。しかし、ようすの違っているところもあった。

地図では深い森だった場所が、がらんとした空き地になっている。焼きはらわれたばかりらしく、成長いちじるしい熱帯植物もまだ繁茂していない。建物二棟の周囲のジャングルがひろい範囲でなくなっており、空き地は湖の岸までつづいていた。数キロメートル幅のだだっぴろい土地にはさえぎるものもなく、ヌゲツ・ステーションの宿舎とラボがまる見えの状態となっている。

予想どおりだ。それでもこの焼け野原を見て、アトランはむしろ安堵感をおぼえた。ヌゲツ・ステーションの科学者と技術者たちが実際ここにいることがはっきりしたからである。グライダーが数機、てんでに焼け野原にとめてあった。建物群の北端には簡素な小屋がいくつかある。きびしい恒星光をよけるためのものだろう。湖にはボートが二艘、浮かんでいた。

兄弟団はステーションを包囲している。気づかれずに建物内にはいるのは不可能だろう。これもアトランが考えていたとおりだ。

四名は長いこと、この景色を観察した。やがて恒星が沈み、夜が訪れる。ウルスフにきて二度めの夜だ。

「どう思う？　きみらの考えは？」アルコン人は仲間たちにたずねた。

アイ人の頭蓋のくぼみが明滅する。

「湖から近づくしかない、と、いうのだな」アトランが通訳して、「よろしいか？」

パンチュとニヴリディドも賛成した。

3

　水は温かかった。四名はできるかぎり物音をたてないよう、湖面すれすれをすこしずつ泳いでいく。大きな弧を描いて焼け野原を迂回し、ジャングルのかげになっている岸へと近づいた。夜になってから、上の建物のまわりに太陽灯がいくつかともり、まばゆい明るさをはなっている。これは好都合だった。明かりに照らされて、ボート二艘の姿がはっきり見える。

　先頭を行くのはいちばん泳ぎがうまいアトランだ。湖岸に近いほうのボートをめざして進む。もう一艘はそこから八、九百メートルほどはなれていた。突撃のさいは騒ぎにならないよう注意しなくてはならない。しずかな水面ですこしでも物音がすれば、数キロメートル先まで聞こえてしまう。

　目的のボートまであと百メートルというところにきた。なかにクラン人の男がふたり乗っている。ボートは高さがあった……こちらの計画にとり、悪くない状況だ。乗員ふたりは湖の西岸方向を監視している。いいぞ、と、アトランは思った。これなら、照明がまぶしくて周囲は見えないだろう。

足だけで立ち泳ぎしながら、両腕をのばし、ボートにそっと近づく。男のひとりがいぶかしげに振りかえったとき、アトランはまだ二十メートルほどはなれた場所にいた。眩惑されたクラン人の目には、照明の残像が黒い穴となって湖面にうつるのが見えただけ。数秒後、男はふたたび西岸方向に視線をうつした。

アトランはパラライザーの出力を最低に絞った。相手が意識を失ってはまずい。ただ麻痺させるだけでいいのだ。この作戦においては時間が決定的な重要事項となる。ボートに乗った見張りの交代時間はいつだろう？　すべてはそれにかかっている。

武器がかすかな音をたてた。アルコン人の狙った相手は、からだをのばすようなしぐさを見せたあと、動きをとめてくずおれた。もうひとりは驚いて振り向いたが、言葉を発する前に、パラライザーの微弱ビームをうけた。

アトランは船べりから乗りこみ、クラン人たちのようすをうかがった。麻痺した乗員がバランスを崩すことのないよう、気をつけなくてはならない。だれか岸にいる者が暗視グラスを使ってボートを観察しようと思いついたら、ふたりの輪郭が見えてしまう。

アトランは向きを変えると、仲間たちを船内にひっぱりあげた。ボートが揺れ、湖面にさざ波がたつ。もう一艘のボートの乗員が、どなるような大声で呼びかけてきた。なにをいっているかわからなかったが、アトランも同じようにどなりかえす。ボートの揺れはおちつき、もう一艘もまったく動きを見せない。アトランはほっと息をついた。ひとつ危機を乗りこえたぞ！

　四名は船底に這いつくばった。高さのあるボートが外からの視線をさえぎってくれる。チャクタルが、麻痺したクラン人たちのところへ行った。ふたりとも目は開いており、なにが起きているか、すべて見ている。ただ動けないだけで。

　アイ人の頭蓋のくぼみが独特の明滅をはじめた。ゆっくりと眠くなるようなリズムで信号を送りだすさい、みじかい眼柄もいっしょに動く。アトランはそれを興味深げに観察した。チャクタルが能力を発揮しているのを、それまで一度も見たことがなかったのだ。しかし、最後は目をそらすしかなかった。自分までヒュプノ暗示にかかってしまいそうだったので。

　クラン人ふたりに逃げるすべはない。麻痺が消えたとき、ふたりはチャクタルの呪縛にかかっていた。

〈これで話ができます〉と、アイ人が告げる。

「わたしがたずねたことにだけ答えろ」アトランはクラン人に命令し、「無用な口はきくな。パトロールの交代はいつだ？」

「一時間半後」と、ひとりが答えた。

「どういうやり方で？」

「交代要員の乗ったボートがきたら、われわれは湖岸に向かう」

「湖岸にいるメンバーとの通信手段は？」

「ラジオカムだけだ。なにか怪しい動きがあれば、それを使って警報を出す」

つまり、こちらが危惧していたような定時報告は、いれてないということ。

「どっち側の岸にボートをつける？」と、アトランはさらに訊く。

「日よけ小屋があるほうだ。そこで仮眠をとる」

「建物内に人質は何名いる？」

「千四百名」

「そんなに多く？」アトランは驚いて、「ヌゲツ・ステーションの要員は八百名だと思ったが」

「ヌゲツの要員だけじゃない。われわれ、東にある製造施設を制圧し、そこからも人質を連れてきてある」

＊

夜は静寂と驚くほどの清澄さにつつまれていた。アトランは船尾に横になり、星空を見あげた。ヒュプノ操作されたクラン人ふたりが見えないくらい視野をせばめれば、夢のごとく平和な世界にやってきたのだと感じられる……休暇を楽しむ旅人となり、考えられるかぎりの快適なやり方で時間をつぶすほかには、なにもすることがないかのように。

と、一条の光がはしった。アトランは起きあがり、船べりから外をのぞき見る。西の湖岸で動きがあった。人影がいくつか行ったりきたりしている。数秒後、どこか遠くから騒がしい声がして、ふたたび光がはしった。人影の一団が、建物二棟のあいだの暗闇に消えたと思うと、またあらわれた。なにかをひきずっている。一団はグライダーに乗りこみ、すぐにスタートして、東の方向へ飛んでいった。

「なにごとだ？」アトランは捕虜のクラン人にたずねた。

「おそらく、だれかが脱走しようとしたんだろう」

「兄弟団はなにをした？　撃ったのか？　致死性の武器で？」

「そうだ」

「地獄に落ちるがいい！」アトランは怒りを爆発させた。「これまで何人の人質が脱走をこころみた？」

「わたしが知っているのは六人だ」

そこで会話は中断し、ふたたび静寂が訪れる。真夜中ごろ、もう一艘のボートが交代時間を迎えた。アトランはそのようすをかくれ場から観察。たいして見るべきものはない。交代要員を乗せたボートが持ち場につくと、それまでの担当者たちは湖岸に向かった。物音から判断するに、ほとんど言葉はかわされていない。

さらに二十分が過ぎる。突然、ニヴリディドが声をあげた。

「きます！」

その知らせは、プロドハイマー＝フェンケンの類《たぐ》いまれな本能によるものであった。実際に交代要員のボートが湖岸をはなれたのは、それから数秒のちのこと。ボートはかすかなモーター音とともに、細かい波をたてながら湖をやってきた。

「ふだんと同じようにふるまうのだ」アトランは捕虜のふたりに命じた。「よけいなことはいうな」

ふたたび船底で身を低くし、エンジンのうなり音に集中して耳をすませる。ボートが方向転換し、船体が揺れた。湖面を伝わって交代要員の大声が聞こえてくる。

「外の夜警ってのは、退屈でかなわんよな？」

「いつものことさ」ヒュプノ暗示されたクラン人のひとりが応じた。「湖をわたってくる者なんか、いやしないんだから」

「すくなくとも、あんたたちはこれから数時間、眠れるじゃないか」と、明らかに不満げな声がする。

「当然だろう」

ボートが動きだした。アルコン人はひそかに安堵のため息をもらした。

＊

「速度を落とせ！」

アトランはそう命じると、船壁ごしに捕虜ふたりの背後から外をうかがった。ボートが減速する。左前方に、昼間のように明るく照明された建物が見えた。窓に明かりがいくつかついている。まだ起きている人質もいるらしい。

湖岸はたいらな砂地になっていた。高さ五メートルほどの場所もあれば、二十メートルくらいの場所もある。そのなかで一カ所、ピラミッド建物の影ができているところまでつづく入江があった。

「あの入江でボートをとめろ！」

ずっと右のほう、半キロメートル以上はなれた日よけ小屋では、なんの動きもない。だれもボートのことなど気にしていないようだ。アトランが説明しなくても、友たちはなにをすべきかわかっていた。気づかれずに建物群に近づく唯一の可能性がこの入江ということ。

「パンチュ、きみが先頭だ」と、小声でいう。

クシルドシュクは照明の影になっているボートの右縁を乗りこえると、水に滑りこんだ。ボートの下にもぐり、そのまま水中を進んで入江の岸に向かう。じつに巧みだ。水面はまったく波だたない。ボートが停止したので、アトランは入江のほうに目を凝《こ》らしたが、どんなに耳をすましても、パンチュが上陸したような水音は聞こえなかった。

次にニヴリディドが水にはいり、これまたなんなくやりとげる。三番手のチャクタルが行こうとしたとき、日よけ小屋の近くに動きが見られた。クラン人がふたり湖岸に立ち、ボートに合図してくる。呼びかける声が水面をわたって遠くまで反響した。なにをいったのか聞きとれなかったが、おそらく、ボートが停止したので不審に思っているのだろう。

「急げ、チャクタル」アルコン人はせかした。「この捕虜たちだが、記憶は消えるのだろうな？」

〈二分後には〉と、アイ人。

アトランは捕虜ふたりに、ボートを動かして決まった航路を進むよう命じ、チャクタルが水にはいるのを手伝ってから自分もつづいた。ボート後部で一度だけ水面に顔を出し、息を吸って肺に空気を満たす。力強いひと掻きで水中深くもぐり、湖底すれすれを進んで岸をめざした。三分の二の距離をこなすと、水面を通して周囲の状況が見えるよう、あおむけの状態になって上に向かう。

水面まであと半メートルのところまで浮上したとき、物音を耳にした。こつこつとリズミカルな響き……足音だ。アトランは体勢を変えてまた湖底に向かい、砂地にしっかりつかまった。水を通して声が聞こえてくる。単語は聞きとれないものの、ぶつ切れにわめくようなしゃべり方は、まちがいなくクラン人だ。

パトロールか！　空気を吸いこんだ肺が焼けるように痛む。浮上して水面に顔を出したいという、おさえがたい欲求に圧倒されていた。息がしたい……息が。足音が近づいてくる……それとも、わたしの心臓の音か？　聞こえたのはクラン人の声でなく、おのれの血液が流れる轟音だったのか？　肺にめいっぱい空気をためこんだため、からだは酸素過多の状態だ。過剰な酸素は本能を鈍らせる。新鮮な空気が必要になるタイミングを、脳に合図しそこなったのだ。すでに手遅れなのだろうか？

もう無理だ。砂地をつかんでいた手が力を失う。肺にためこんだ空気のせいで、アトランは水面に浮上していった。ぬれた顔を外気がなでる。さいなむ苦しみをおさえて必死に意志の力を呼びおこし、肺の空気を一度に吐きだすのでなく、すこしずつ出していった。用心深く水を掻く。肩が砂にこすれた。入江の岸についたのだ。

慎重に呼吸しながら、あたりに耳をすます。足音はもう聞こえず、声は遠くから響いてくるだけだ。最後の力を振りしぼって高みに向かうと、そこに明かりのとどかない場所があった。暗く暖かく、安全な場所が……

痛む肺で、みじかく咳《せ》きこむような呼吸をくりかえす。痙攣《けいれん》に似た震えが全身をはしった。アトランはその状態に身をまかせようと、あおむけになった。このはげしい心臓の鼓動を耳にして、クラン人パトロールがもどってくるのではないか。それだけが気がかりだった。

＊

「あぶなかったですね」パンチュが息を切らしていった。「ちょうどチャクタルがついたとき、足音がしたんです。警告できなくてすみません」

アトランはまだあえぎつつ、なだめるようなしぐさをし、

「いいさ。なにか気づかれただろうか？」

「まったく」ニヴリディドが答える。「おしゃべりに夢中でしたから」

アルコン人は力を回復していた。四つん這いになって暗い場所の境界まで進み、建物の角から向こう側をのぞいてみる。ボートは湖岸にほぼ到着していた。合図を送って呼びかけてきたクラン人ふたりの姿は見えない。すべて順調。計画は成功した。これで、だれにもじゃまされず人質たちに接触できる。

〈そのあとはどうするのだ？〉付帯脳が皮肉めいた問いを発した。

アトランはこれを意に介さず、仲間たちのところへもどる。かれらがいる暗い場所は建物ふたつにはさまれていた。右は典型的なクラン式の階段ピラミッドで、二十六階建て。左のほうはたいらな建物で、倉庫かラボのようだが、正面の壁がななめになってい

るのでクラン人の建築原理にそっているとわかる。

アルコン人は不規則な形状に組まれたピラミッドの各階を見あげた。小窓がいくつかあり、ほとんどは明かりがついている。しかし階段がないため、外側からなかにはいれない。クランではたいてい階段があったのだが。

パンチュがいつのまにか、影になっているぎりぎりのところまで行き、ピラミッドの一階部分を偵察してきた。

「入口が見あたりません」と、がっかりしたように報告する。

「入口を探しているのはだれだ？」

上のほうから声がした。見ると、ピラミッドの一階にだれかが立っている。どこからきたのかはわからないが、クラン人の男だ。

「きみたちの救助者だ」アルコン人は答えた。

「だれから派遣された？」

「公爵カルヌウムと賢人」

しばらく沈黙したのち、男は、

「異人よ、忠告しておく。われわれを助けてくれるというなら歓迎だが、汚染されたデリルの盗っ人軍団メンバーで、スパイにきたのだとしたら、破滅するだろう」

「ここでおしゃべりしていたら、どっちみち破滅の道をたどるぞ」アトランはじれて応じた。「数分もすれば次のパトロールがやってくる。かれらがここを照らそうと思いついたら……」

かすかなきしみ音がして、ピラミッド階の一部が動いた。石組み二枚がスライドしていき、一階の角につづく階段があらわれる。気がつくと、上のほうにドアがあった。なかから鈍い明かりがもれ、地面に四角形が浮かびあがる。

「はいれ」と、クラン人。

ドアが閉まると、男は照明を最強にして、アルコン人の姿をしげしげと見た。

「公爵が派遣したのは……あなたか？」その声には明らかな非難の響きがあった。「かつての賢人ではないか！」

アトランは男の視線を冷静にうけとめ、

「公爵はもっともふさわしいと思う人物を派遣したのだ」と、答える。

相手の反応は無理もなかった。クラン国民はここ数週間の出来ごとをへて、ひきつづき賢人に導いてもらう心がまえでいるが……それは賢人がクラン人ならばの話だ。

「すみません」と、相手の男は、「あなたの感情を害する気はなかった。わかってもらえると思いますが……」

「わかっている」と、アトランはひと言。「きみの名は？」

「セリガアル。ヌゲツ研究ステーションの所長です……〝でした〟というべきか」

「人質のようすはどうだ？」

「悲惨です」セリガアルは力をこめて即答した。

「すごい数がこのピラミッドに監禁されているため、ぎゅうぎゅうづめで足の踏み場もありません。ほかの場所に連れていかれた者たちとは連絡がとれない状況でして」

「どう立ち向かうつもりかね？」

クラン人の目が光った。

「兄弟団相手に抵抗する手段があるか、という意味ですか？　答えはノーです。丸腰ですから。バイオ・ステーションには武器がない。問題がひとりでに解決するのを待つしかないんです」そういうと、視線をそらし、「われわれ、戦士ではありません。このような状況でどうすればいいのか、皆目わからない。あなたたちは本当にわれわれを救えるのですか？」

セリガアルはクシルドシュクを見おろした。その視線にパンチュは大きなうるんだ目で真摯に応える。だが、クラン人の表情には失望の色が浮かんだ。

「相手を外見だけで判断すると、まちがう場合が多いぞ」アルコン人がたしなめる。

「われわれ、きみたちを救いにきたのだ。それができるかどうか、いまにわかるだろう。ついては、話がしたい。きみひとりで行動しているのか？　あるいは……危機対策本部のようなものがあるのか？」

セリガアルは歯をむきだし、おもしろがるように舌を鳴らした。

「われわれ、まったく組織化されていないわけではないのですよ。こちらへ。わたしがだれを連れてきたか、みな知りたがるでしょう」

＊

セリガアルのいったことは誇張ではなかった。巨大ピラミッドは収容限度をこえる人質で埋めつくされ、地獄の混雑ぶりだ。部屋不足があちこちでグロテスクな非常事態をひきおこしていた。クラン人サイズにつくられた部屋には、床がわりに一時しのぎの板をわたして、多くのプロドハイマー＝フェンケンをつめこめるようにしてある。この水色毛皮は医学・生物学の知識が豊富なため、ヌゲツ・ステーション要員のなかではもっとも数が多い。とはいえ、クランドホル公国に属するほぼ全種族のメンバーがそこにはいた。あたりを支配する緊張が、鈍感な者でも感じとれる。アトランと仲間三名はいたるところで険しい視線を浴びせられた。セリガアルが隣りにいても、多くの者は怒ったような、さげすむような目をアルコン人に向けてくる。

セリガアルは四名をピラミッド最上階に連れていった。クランではピラミッド建物の上階部分を透明にするのがふつうだが、ウルスフでは強烈な恒星光のせいで、そうした建築方法は自然と使われなくなっている。それでも建物内部は熱と湿気がすごかった。

名目上の二倍いる収容人員に対して、空調システムがついていけていない。

最上階の部屋はひとつだけで、かなりのひろさがある。ここはすこし前までコンピュータ室だった。データ端末、プリンタ、記憶バンクなどが壁ぎわに無造作に置かれている。いまの状況では、コンピュータを使って生物学実験の評価を出すよりも、場所の確保がだいじなのだ。

「どれほど部屋が不足していても、ここだけは話しあいのために死守したのです」セリガアルが申しわけなさそうに苦笑する。

かれがあらかじめ知らせておいたので、アトランたちが反重力シャフトを出ると、すでに危機対策メンバーは集まっていた。ステーションの副所長をつとめる若い女クラン人、デルバー。部屋割りおよび食糧配布を担当する痩身のターツ、チャング。保健管理担当の女プロドハイマー゠フェンケン、ギクラである。

アトランはセリガアルに説明したことをくりかえした。自分たちは人質を解放し、兄弟団の悪行をやめさせるためにきたのだ、と。

「きみたちの視線でわかったが」アルコン人はつづけて、「なぜ公爵カルヌウムがこれほど危険な任務をよりによってわたしに託したか、理解できないらしいな。わが仲間を見てほしい。この三名は賢人の従者で、過去のルゴシアードにおける優勝者だ。それぞれ比類なき能力を持つ。われわれ、この任務にもっともふさわしいと思ったからこそ、やってきたのだ。きみたちの先入観で共同作業がさまたげられることのないよう、切に願いたい」

アトランはかれらの体面に訴えた。クラン人種族は……かれらにすれば不本意だろうが……出自の異なる者を信用しないと陰口されている。そうした態度が公国の他種族にも影響をあたえていた。アトランの言葉を聞いて、デルバーはきまり悪そうにうつむき、ギクラのよく動くつぶらな目は謝罪の意を表したように見えた。だが、チャングだけは表情を変えることなく、

「いまは先入観について話しあうときではありません」と、やけに低い声でいった。「この種族が好んで使う歯擦音《しさつおん》のようなアクセントもまったく聞かれない。「それより問題なのは、われわれの状況がまったく希望のない点です。救うことなどだれにもできません……奇跡でも起きれば話はべつですが」

アトランはほほえみ、

「ちょっとした健全な楽観主義にまさるものはないぞ」と、冗談めかして応じた。「いったとおり、わが友はみな驚くべき能力の持ち主だ。われらの作戦において、この三名が先兵となる。わたしの見たてでは、きみが思うほど状況はいきづまっていない。作戦についてはあとで説明しよう。まず、いくつか質問させてほしい」

「戦闘要員はかんたんに集まると思います」セリガアルが保証した。「人質はだれも現状にうんざりしていますから、必要な数よりもっと多くが志願するでしょう」

「まあ待て！」アトランはクラン人をおちつかせ、「突撃コマンドを組織するのに必要なのは、よりすぐりの者が十名だ……あとは、生命を賭《と》す覚悟のある者を二、三百名ほど」

全員、驚いた顔でアトランを見たが、最後にはセリガアルがこういった。

「それも問題ありません」

「次に爆発物だが」話題がころころ変わるので、危機対策メンバーたちは頭から湯気が出そうだった。「バイオ・ステーションだから、爆弾をつくれる化学薬品はあるはずだな」

「この建物ではなく、隣りの倉庫にならあります」と、セリガアル。

「かまわん」アトランは満足げだ。「建物二棟のあいだは暗いから、夜陰《やいん》にまぎれて運びだせるだろう。最後の懸案事項は天気だ」

「天気？」デルバーが困惑してくりかえす。

「思うに、いま現在、あまりに雲がなさすぎる」と、アルコン人は強調した。「作戦遂行にあたり、稲光と雷鳴と大雨がいっぺんにそろうような嵐がほしいのだ。この地域にそんな嵐がくるかね？」

セリガアルが了解のしぐさをした。

「大丈夫です。この一帯の植物相を見たでしょう。大雨が降る地域でなければ、あんなジャングルにはなりません。ここ数日おだやかな天候でしたから、そのうち嵐がくるはず」

ウルスフの気候は人工的に調整されている。調整はサイバネティクス・システムによる自動装置がおこない、要求される条件にしたがって、そのつど気候を決定するのだ。

「雨の降りだす時間はいつも決まっているか？」アトランはたずねた。

「通常は日の出の一時間前です」

アトランは大きくうなずき、

「よし。これで条件はすべてととのった。今夜にも決行し、倉庫から薬品を運びこむ。爆弾の威力は、少々の被害をひきおこし、派手な火花で兄弟団の動きを数分間も封じることができれば充分だ。セリガアル、きみは志願兵のなかから精鋭を十名集めろ。デルバーは本来の出動部隊を構成する二、三百名の確保にあたってくれ。すべての参加者にもとめる基本条件は、泳ぎに堪能なこと！」

だれもが真剣な顔をするなか、チャングだけは軽蔑的な笑みを浮かべて、

「ここではあなたが命令権者のようですが、そろそろ作戦とやらについて話してくれてもいいのでは？」と、いった。

「なるほど。生命を賭するからには、その意図を知っておかねばな。では、聞いてくれ……」

アトランは了承し、作戦計画を説明した。といっても、大まかなところだけで、本当の目的については口にしない。全員、途中でさえぎることなく聞き、アトランが話を終えると、しばし沈黙した。しまいにセリガアルが、

「いったとおり、わたしは戦士ではないので、科学者の立場から成功確率を述べましょう。五十パーセントです。換言すれば、自殺行為にひとしいということ」

そういうと、アトランをじっと見た。その視線は挑戦的でもあり、納得のいく説明がほしいと懇願するようでもあった。

「そのとおりだ」と、アルコン人。「しかし、ほかに選択肢はない」

＊

ニヴリディィドとチャクタルが薬品を運びこむあいだ、パンチュが見張りに立った。兄弟団のパトロールがいきなりあらわれて、あわてることのないように。倉庫をかたづける手間を惜しんだところを見ると、兄弟団は自分たちの勝利を確信していたらしい。人

質たちが倉庫の中身を使って手榴弾の類いの原始的武器をこしらえるとは、思いもしなかったのだろう。アトランはほくそえんだ。安心して油断すればするほど、兄弟団はこちらの襲撃に驚かされるはず。ただ、これは見方を変えれば科学者や技術者の名声を傷つけることになる。かれらは化学薬品をこうした目的に使うなど、考えたこともなかったのだから。

危険物質のあつかいに長《た》けた専門家は人質のなかに大勢いた。アトランが爆弾の作用を説明し、専門家たちは仕事にかかる。しばらくすると、クラン人の子供が遊びに使うボールほどの大きさの爆弾が完成。破壊力の大きい化学物質を何層も重ねてつくったものだ。単純なしくみの信管をつけて円筒形の金属容器にいれ、簡易時限装置につないだ強力スプリングの上におさまるようにした。これが爆発したら、兄弟団はびっくり仰天して青くなるだろう。グリーンになるかもしれない。あるいは赤に、黄色に、むらさき色に……

アトランと仲間三名はかつてのコンピュータ室にいた。ここはピラミッド内で唯一、ほかの者に足を踏まれる心配をせずにからだをのばせる場所だった。かれらはクランを出発してからはじめて半生鮮品のたっぷりした食事をとり、念願だった洗面所をまるまる一時間、自分たちだけに使わせてほしいと要求した。交替で長旅の汚れや汗を落とすためだ。

そのあとアトランは、いまのうちに眠っておくよう三名に指示した。夜になったら、決定的状況が訪れる。危険な任務がはじまる前に力をたくわえておくことが重要だ。照明が消される。アルコン人は暗闇を見つめるうち、心地よい疲労感に身をゆだねた。奈落に沈むごとく、夢もみない眠りにひきこまれそうになったとき……

ニヴリディドが話しかけてきた。

「なぜさっき、人質たちにすべてを告げなかったのです？」

アトラン自身、同じことをみずからに問うていた。わたしはなぜ、セリガアルやデルバーやギクラやチャングに、もよりの収容所に突入して人質を解放するのが自分の目的であるように見せかけたのだろう？　なぜ、本当の目的は兄弟団の本部拠点だと、真実を告げなかったのか？

「おそらく、チャングのせいだな」と、眠たげな声で答える。

「かれを信用していないので？」

「わからない。あのターツは、なんだか……」

〝妙な感じなのだ〟と、口にする前に、アトランはすでに寝いっていた。

4

シスカルはドアの両わきに立つクラン人四人を軽蔑するように見た。その視線はやがて、執務デスクの向こうにすわる痩せこけて背の高いデリルに向かい、軽蔑が嫌悪に変わる。小柄な老女の曲がった背には老いがあらわれていた。百二十六歳という年は、クラン当局の幹部クラス職員のなかでもならぶ者のない最高齢だ。

「このばばあ、どうします？」ドア近くの一クラン人が訊く。

「わが提案にどう応じるかによる」汚染されたデリルは答えた。

「ばかな部下に教えてやれ」と、シスカルがさげすみの口調で、「当局職員に対する侮辱罪には多額の罰金が科せられるのだ。クランではわたしから逃げられないよ。十年ぶんの稼ぎを根こそぎとりあげてやる」

「クランにもどれればな」デリルが意地悪くいいかえす。「すべてはあんたの態度しだいだが」

「わたしになにをしろと？」

「協力してもらいたい。わたしの計画を承認するよう、カルヌウムを説得しろ」

「どんな計画？」

デリルは二日前、公爵にした話をくりかえした。自分とカルヌウムのふたりで公爵としてクランをおさめ、グーと賢人は〝くびにする〟というものだ。

「なぜカルヌウムとふたりで？　独裁でいいじゃないか」と、シスカル。

「国民の信用があるカルヌウムがいないと地歩をかためるのはむずかしい」

シスカルは苦笑し、

「で、地歩をかためたら、カルヌウムをどうすると？」

「それは……」予期せぬ質問にデリルは言葉をつまらせた。

「聞かずともわかる」シスカルはばかにするように手を振り、「どこかへ葬るつもりだろう。おまえ自身と同じ、腐れきった計画だ。巻きこまれるのはごめんだね」

デリルの正常なほうの目に怒りの炎が燃えあがる。だが、すぐに自制し、冷たい声で部下四人に命令した。

「ばあさんを連れていけ。もっとましなことを思いつかせてやる」

シスカルはまったく他人ごとのようにおちついた顔で、

「なにをするつもりだ？」

「わたしは自分のほしいものを手にいれる」汚染された男は荒々しく答えた。「強固な意志をも砕く手段があるのだ。苦痛にさいなまれれば考えも変わるだろう。あるいは、あんたの叫び声を聞いてカルヌウムが折れるか」

「拷問するのかい？」シスカルは笑った。デリルのいったことを本気でおもしろがるように。

「そういいたければ、いえ」デリルがうなる。「おまえたち、ばあさんを……」

「いやだね。わたしは行かないよ」

老女はなにか嚥下《えんげ》したように見えた。次の瞬間、その目が奇妙に光ったと思うと、シスカルは床に倒れた。

＊

「ちくしょう……なにが起きたんだ！」デリルが大声を出す。

部下のひとりが動かないシスカルのほうにかがみこみ、

「呼吸停止、脈もなし」と、報告。「死んでいます。毒を飲んだらしい」

「医師を呼んでこい！」汚染された男はどなった。

一プロドハイマー＝フェンケンがやってきた。デリルは通常、クラン人にとりかこまれている。なにかといえば宇宙の主要種族はクラン人だと明言するし、ほかの種族に対して恩着せがましい態度をとるのはまだいいほうで、悪くすれば軽蔑的にあつかってきた。だが、こと医療に関しては、プロドハイマー＝フェンケンにまさる者はいない。これは動かしがたい事実だ。種族の誇りは誇りとして、汚染されたデリルは現実主義者なのである……そんなわけで、かれの医師団メンバーはすべて水色毛皮だった。

医師はたっぷり十五分、クラン人老女の華奢《きやしや》なからだを調べたのち、

「死亡です」と、診断をくだした。シスカルの額に装着した小型表示機を見て、「自殺でしょう。方法はめずらしいものではなく、よくある毒を飲んだのですな。毒物の名はメスクラニットといって……」

「名前などどうでもいい。さっさと失せろ」と、デリル。プロドハイマー＝フェンケンがドアの向こうに消えると、クラン人の部下を呼びよせ、

「ばあさんをかたづけるのだ」と、命じた。

「どこへです？」

「どこでもいい。だれからも見えない場所へ」

こうしてシスカルは、高くそびえる岩棚にはさまれた荒れ地に捨てられた。しばらくそのまま横たわっていたが……一時間後に目をさます。最初は動かずにいた。鋭い聴覚を働かせ、近くにだれもいないとわかってやっと、用心しながら起きあがった。

クラン人たちが手荒くほうりだしたおかげで、からだじゅうが痛み、頭もがんがんする。だが、じきにおさまるだろう。かぼそい老女の外見からは想像できないほどの体力

と抵抗力の持ち主なのだ。

〝擬メスクラニット〟のちいさなカプセルを唾液腺の下にひそませていたのは、じつに妙案だった。いつか役にたつ日がくると思ったのだ。そのいつかが、きょうだったわけで……カプセルを口内にかくして三十年以上たつのだが。擬メスクラニットは致死性の毒物メスクラニットと似た症状をひきおこすものの、作用の有効時間はかぎられており、血液中の有害物質は短時間で分解される。

それでももちろん、リスクは覚悟していた。汚染されたデリルに窓から投げすてられ、二十メートル下に墜落する恐れもあったのだから。しかし、もう恐いものはない。命をはった賭けに勝ったのだ。シスカルは岩棚のあいだをぬけて山道を踏破し、ようやく兄弟団の本部拠点が眼下に見わたせる開けた場所に出た。

カプセルのおかげで拷問をまぬがれただけでなく、自由をとりもどすことができたわけだ。これで今後の行動は自分で決められる。

＊

眠っている者たちを起こしたのはセリガアルだった。

「宇宙の光があなたに味方したようで」と、尊敬の念をこめていう。「二時間前から気圧がさがりだしています。今夜は嵐になりますよ！」

「いつもこうした吉報をとどけてほしいものだな」アトランは笑みを浮かべて、「突撃コマンドは決まったか？」

「クラン人が七人、ターツが三体。あなたの指示を待っています」

「あとの出動部隊は？」

「五百人以上が志願しました。そのなかから有能な者をデルバーとギクラが選抜します」

アトランはちいさな窓に歩みより、外のようすをうかがった。もう夕暮れだ。湖面がかすかに波だっている。植物が焼きはらわれて黒くなった跡のあいだに若草が芽生え、風に揺れていた。

「時間がない。志願兵たちと話をしよう」

かれらはピラミッドでも大きめの部屋につめこまれていた。ある者は立ったまま、ある者はしゃがみ、ある者はうずくまっている。空気が恐ろしく悪い。アルコン人は計画の危険性について手みじかに説明した。兄弟団に追われるだろうこと、成功するかどうかは、いかに追っ手を逃れてジャングルにかくれ場を探せるかにかかっていること……こう話せば志願者たちがおじけづくだろうと考えたのだが、みんな必死だ。説明を終えた時点でも、参加したいと申しでてる者が各種族にわたって五百名以上いた。アトランはデルバーとギクラに、あてずっぽうでいいから一時間以内に三百名を選出するように命じた。

突撃コマンド十名に対しては、もうすこし時間をかける。セリガアルから作戦の概略を聞いていた十名に、アトランはここで詳細部分を打ち明けた。クラン人二名とターツ二体がそれぞれペアを組み、闇にまぎれてニヴリディドと湖にはいり、夜警にあたっているパトロール用ボート二艘を拿捕《だほ》するというものだ。武器は各ペアが一挺《ちょう》ずつパラライザーを装備する。

あとの六名はそのあいだに根まわしとして、兄弟団が無人のボートを係留してある場所まで湖岸伝いに行く。できるだけ多くのボートを奪取するためだ。この部隊の指揮はパンチュがとる。それを聞いた一クラン人がばかにするようなコメントを発したので、アトランはきびしくたしなめた。

両作戦開始の合図を出すのは、この夜の〝メインイベント〟が起こってからだ。それを起こすのはアルコン人と、アイ人のチャクタル。ふたりの武器はパラライザー一挺のみで、あとの装備はすべてパンチュの部隊にわたしてある。

やがて夜がきて、セリガアルのいったとおり、しだいに風が強まって嵐になった。西にそびえる山々の上空に、雲が層となって湧きあがっている。

すべてアトランの望みどおりだった。

建物二棟のあいだにある細い隙間に暴風が吹きつけ、まわりの音がすべてのみこまれる。ときおり大きな雨粒がピラミッドの各階表面に落ち、西のほうで稲妻が光る。

＊

〈パトロールです〉と、アイ人が明滅。

それから十五秒もして、ようやくアトランは風に逆らいながら湖岸ぞいを進んでいく長身のクラン人二名に気づいた。チャクタルの肩をついて合図し、下方を指さす。

ふたりはピラミッドから下へジャンプ。チャクタルが建物間の隙間の奥に後退するあいだ、アトランは、建物入口の地面にひろげて重石をのせておいた合成繊維の布のところへ走った。石をどかし、布を手にとる。

前方の入江のあたりに影がひとつ、さらにもうひとつ、あらわれた。アトランは布を手からはなした。風に乗ってばたばた音をたて、建物のあいだの隙間から湖のほうへ飛んでいく。

ごうごうたる風のなか、クラン人の大声が聞こえた。布がすぐそばに飛んできたので驚いたのだ。男は振りかえり、建物間の暗い場所に目を向けた。その指がベルトを探ったのち、投光器の照明が闇をうがった。

アトランはパラライザーを発射。嵐の轟音にまぎれ、口笛程度にしか聞こえない。クラン人の足どりは奇妙にぎこちなくなり、投光器が手から落ちる。そこにもうひとりの男が近づき、投光器には目もくれず、ごついサーモ・ブラスターをとりだした。建物のあいだに恒星のごとく明るいエネルギー・ビームがひらめく。男は目標を定めることができず、やみくもに撃っていた。そこへ、ピラミッドの壁ぎわの地面にうずくまっていたアルコン人の姿がビームの反射光で浮かびあがる。男はそちらへ銃身を向けたが、アトランのほうが一歩先んじた。クラン人はパラライザーの一撃をうけ、電光に打たれたようにくずおれた。

チャクタルがすばやく忍びより、動けないクラン人ふたりを暗闇までひきずっていく。アイ人は捕虜のひとりをすわった状態にして建物の壁にもたせかけ、単調な明滅信号によってヒュプノ暗示をかけはじめた。男は麻痺していたが、意識はある。一分もたたないうちにチャクタルはアトランのもとへもどり、任務完了の合図をした。

しばらくすると、クラン人のベルトにある小型通信機が鳴りだした。

「第四パトロール、姿が見えなくなったが、どうした？　応答せよ！」

「建物のあいだで遺体を発見した、と、いえ」と、アトランは命じた。

「こちら第四パトロール。建物のあいだで遺体を発見した」ヒュプノの影響下にある捕虜が従順にくりかえす。

「遺体だと？」驚いた声が返ってくる。「数は？」

「まだ数えてない」クラン人はまたもアトランの指示どおりに答えた。

「危険な状況か?」

「いや」

「どうも信用できんな。どちらかひとり、建物のあいだから出てきて合図しろ」

「いわれたとおりにするのだ」アトランが押し殺した声でいう。「そのあと、ここにもどってこい」

このあいだに麻痺から回復していた捕虜はしたがった。照明のまばゆい場所に出ていき、腕を大きく振る。通信の相手がどこにいるのかアトランにはわからなかったが、性能のある程度いい双眼鏡を使えば、問題なく合図が見えるだろう。

「遺体は八体で、おそらく自殺らしい……そう伝えるのだ」と、アトラン。

捕虜はいわれたとおりにした。

「グライダーを一機送るから遺体を収容しろ」通信相手から指示がはいる。

「大型機を派遣してくれ。要員はすくなくとも五人」

アトランの言葉を捕虜はまたくりかえし、通信相手の了解を得た。

そのあいだにチャクタルのほうはもうひとりの捕虜を同じくヒュプノ操作していた。両捕虜の武器も奪った。アトランはピラミッド入口へ急ぐと、聞いておいたコードを入力。建物の壁がスライドして開き、階段があらわれた。上のほうで、開いたドアのそばにセリガアルが立っている。

「うまくいったぞ！」と、アトラン。「何人か、遺体を演じてもらいたい。パラライザーを装備して」

さまざまな種族に属する八名が階段をおりてきた。ターツのチャングもいる。アトランは奪ったパラライザーをかれにわたした。

「殺傷能力のない武器ですか？」チャングが軽蔑の目を向けてくる。

「人質に脱走のチャンスがあればいいわけで、殺戮は必要ない」アトランはむっつりと答え、「きみたちは地面に横たわって死んだふりをしろ。兄弟団メンバーが五人以上乗ったグライダーがやってくる。かれらが機を降りたら、即刻パラライザーで無力化するのだ」

稲妻が闇を切りさき、雷鳴がつづいた。湖のほうを見ると大しけで、白い波頭が立っている。

「ニヴリディド！」アトランは闇に向かって呼びかけた。

プロドハイマー＝フェンケンが同行者のクラン人とターツ二名ずつをしたがえ、階段の上にあらわれた。無言でアルコン人のそばを通りすぎ、入江に向かうと、そこから湖にはいり、たちまち見えなくなった。同行者たちもあとにつづく。かれらの頭が何度か水面に浮かんでは沈んだが、心配はいらない。湖がこれほど荒れていれば、不審な動きが多少あったとしても遠くから気づかれることはまずないから。追い風なので、想定より早く目的地につけるだろう。

「パンチュ!」

同じような場面がくりかえされ、パンチュが部隊をひきつれて階段の上にあらわれた。かれらも入江から水にはいったが、こちらのコースは湖岸伝いだ。距離がみじかいので時間には余裕がある。

アトランはヒュプノ操作されたクラン人ふたりに向きなおり、訊いた。

「太陽灯の操作はどこでおこなっている?」

「日よけ小屋の北西方向にある小型の自動発電ステーションだ」

「きみら、グライダー操縦のさい、目的地はどうする? アドレスがあるのか?」

「一帯に座標ネットワークをめぐらしてある。重要地点はすべてアドレスが決まっているから、それをオートパイロットに入力すればいい」

「発電ステーションのアドレスはわかるか?」

「わかる」

アルコン人は振り向いた。西のほうからざわめくような音がかすかにしたと思うと、ドラムロールさながらの轟音に変わる。見あげると、星々は消え、カテンビ谷の東に雲が低く垂れこめていた。

雨が顔にあたる。しだいにひどくなり、鞭《むち》のごとく肌を打ちはじめた。熱帯気候の本領発揮だ。雨粒の集まりどころか、バケツをひっくりかえしたような水が天から降ってくる。建物のあいだの地面には、またたく間に数センチメートルの水がたまった。

アトランは気にもしない。すべて思いどおりに進んでいたから。

＊

セリガアルが階段をおりてきた。アトランたちは建物のすぐそばにならんでうずくまっているが、壁ぎわでも嵐をよけることはできない。建物のあいだの隙間は東西方向にはしり、風に運ばれる雨も同じ向きに降っているからだ。稲妻が絶え間なく光り、雷鳴が大砲のごとく湖上にとどろきわたる。

アトランは捕虜のひとりを前方に送りだし、グライダーが到着したら知らせるよう命じた。

「志願兵たちの準備はできたか？」嵐の轟音に負けないよう、セリガアルに向かって声をはりあげる。

「完了です」

「ボートは四艘ないし六艘、手にはいると見こんでいる。収容人員は最大で百名。のこりの者はどこかにしがみつき、ひっぱられるしかない。この嵐だ。恐がるのではないだろうか？」

セリガアルは否定した。

「いまのところ、だれも決意が揺らいでいません」そういったのち、すこしためらってからつづける。「たった数日間、拘束されただけですが、自由がいかに尊く思えるものか……驚くばかりです」

まだなにか、いいたいことがあるらしい。アトランはかれの声にそれを聞きとったが、コメントするのはひかえた。ようやくセリガアルがふたたび口を開いて、

「わたしもいっしょに行けたらいいのですが」

「なぜ、そうしないのだ？」

「臆病と思われるかもしれません。しかし、人質数百名がここから逃げたと兄弟団が知ったら、のこった者に報復するのでは」

「それはない」アトランはきっぱりいった。「汚染されたデリルが報復を禁じるだろう。クラン第一艦隊がウルスフに攻撃をしかけない唯一の理由は、人質の身を案じるゆえだ。兄弟団が罪なき者に手をつけたが最後、この停戦状態は消滅する。デリルはそれを知っているはず」

セリガアルはしばらく考えたのち、ついにいった。

「わかりました。わたしも行きます」

しのつく雨を縫って、クラン人捕虜がもどってきた。

「到着した」と、ひと言。

セリガアルとアトランは階段にあがって待機する。ヒュプノ操作した捕虜ふたりに指示をあたえ、照明のあたっている場所に立たせてグライダーの誘導をまかせることにした。下を見ると、建物のあいだの暗い隙間に、動かない姿が八体ある。熟練の映画監督でもこれ以上のシーンは演出できまい。

そのシーンがはじまる場所のすぐ入口に、グライダーはあらわれた。透明屋根がついたボウル形の大型浮遊機だ。一方にかたむきつつ、慎重に隙間のなかへ進入していく。乗員は六人。それを見たアトランは思った。すべてのよき精霊にかけて……今宵は大量の武器が手にはいるぞ！

アルコン人は身を乗りだした。浮遊機の投光照明がつく。その光が大雨の闇を切りさき、〝遺体〟をとらえた。クラン人捕虜ふたりは浮遊機のじゃまにならないよう、後退している。

機が停止した。人工重力フィールドで地面すれすれに浮かんでいる。ハッチが開き、乗員たちが出てきた。アトランがまずビームを発射。

「いまだ！」とどろく雷鳴にも負けない大声で叫ぶ。

あっという間の出来ごとだった。兄弟団が油断していたのは確実だ。機内にひとりでも見張りがのこっていれば、これほど奇襲がうまくいったはずはない。

アトランは階段を三歩で跳びおりると、

「武器を集めろ！」と、指示した。「気絶したクラン人を建物内に運べ！」

二分後にはすべてかたづいた。建物のあいだの隙間にいるのはアトランのほか、ヒュプノ操作されたクラン人ふたりと浮遊機のみ。

「これに乗り、発電ステーションのアドレスを入力するのだ」アトランが捕虜にいう。

クラン人はしたがい、アドレス・コードを入力した。

「わたしが命じたら、ただちに出発しろ。低速で飛行し、発電ステーションの五十メートル手前にきたら、機をとめることなく、きみらだけ降りるのだ。わかったな？」

「わかった」ふたり同時に答えた。

稲妻が空から湖面に向かってはしり、雷の大音響がつづく。カーテンのような土砂降《どしゃぶ》りの雨のなか、長身のクラン人が近づいてきた。セリガアルだ。アトランはかれから爆弾カプセルをうけとると、信管をセットし、クラン人にあたえた指示から算出して時限装置を調節し、浮遊機の中央部にとりつけた。

「行け！」と、捕虜ふたりに命令。「機を降りたとたん、きみらはここで起きたすべてを忘れる」

浮遊機が動きだした。建物間の隙間を滑りぬけ、照明されたエリアに出て、左に方向転換する。数秒後にスタートし、見えなくなった。

アトランはセリガアルに向きなおった。

「志願兵たちに伝えてくれ。数分後には出発だ」

＊

アルコン人はずっと前方、照明エリアとのすぐ境目にあたる暗闇のなかに立った。足は入江の水に浸かり、顔には雨がたたきつける。ふと思った。ボートにたどりつくため湖に飛びこんだとしても、これほどずぶぬれにならないのではないか、と。

左の方角がかすかに光る。まばゆく照明されたエリアの中心にオレンジ色の火球が生じた。青白い太陽灯がちらつき、明かりが消えはじめた。それでも、火球がふくれあがっていくせいで、あたりが暗くなることはない。爆発の衝撃は猛《たけ》り狂《くる》う嵐の轟音にまぎれた。

背後では志願兵たちが建物間の隙間に押しよせていた。しずまった火球はやがて色を変えてグリーンに輝き、豪雨のなか、噴水のように散らばっていく。湖でも動きがあった。流線形の物体が、荒れる湖面に三つ……四つ……五つ見える。大しけの波に翻弄《ほんろう》されてはげしく揺られながらも、泡だち砕ける水を縫って進んでくる。

爆発の炎は地面にひろがり、黄色い光がぎらついた。第二の爆発が起きて、白熱した破片が弾丸のごとく雨あられと降りそそいでくる。発電機の残骸だ。アトランは満足げである。

ボートが五艘、入江にはいってきた。日よけ小屋の向こうでは暗赤色の火がひろがっている。やがてあたりは闇に沈み、遠ざかる嵐がときおり弱々しい稲光を投げかけるだけとなった。さらに二艘、ボートが湖から近づいてくる。ぜんぶで七艘。予想以上の収穫だ。

志願兵たちがわれ先に飛びだす。みな、水のなかを行けるところまで歩き、ボートへと急いで乗りこんだ。生まれながらの戦士でないとはいえ、科学者や技術者はシステマティックに動くことができる。パニックになったり、あわてていい場所を確保しようとしたりすることは、まったくない。船内が満員になったとわかれば、甘んじて船端《ふなばた》にしがみついた。いちばんあとからきた者たちは、先に乗った者の肩やベルトやたてがみをつかんだ。こうして、すべてのボートは両船端にも船尾にも人質たちが鈴なりとなった。全員、なにがなんでも囚《とら》われの身でなくなることだけを望んでいるのだ。

この群れのなかにアトラン自身もくわわり、最後に湖にはいった。発電ステーション付近の火は消えていた。嵐は北東に移動したようだ。入江で投光器が一瞬光り、もうだれもいない建物間の隙間を照らす。これが合図となり、ボートは動きはじめた。

けっして快適な船出ではなかった。嵐は去ったが、湖面がしずまるまではあと数時間かかる。兄弟団にもたらした混乱が永遠につづくわけもないので、全速力でボートを走らせなくてはならない。船端に密集してしがみついた人質のなかには、この二十分でいつもの一週間ぶん以上の水を飲んだ者が大勢いた。

一行はようやく東の湖岸についたが、アトランの指示により、ボートはただちに旋回して南西に針路をとった……もちろん無人のまま。これで、兄弟団の探知装置が消えたボートのシュプールを発見しても、逃亡者たちの上陸地点がわからず頭を悩ますことになる。

ニヴリディドの部隊がボートを拿捕したさいに制圧したクラン人パトロール四人は、気絶したまま湖岸に寝かせておいた。四、五時間もすれば意識をとりもどし、助けを呼ぶだろう。だがいずれにせよ、兄弟団はそれまでに、人質がどちらへ向かったかつきとめるはず。

東の空が白みはじめた。夜明けまでまだ一時間ある。アトランはずぶぬれの面々のなかにセリガアルの姿を認め、真剣な顔でこういった。

「ここで別れよう」

相手は混乱した顔でアルコン人を見つめた。周囲の者もこれを聞きつけ、近よってくる。

「別行動ということですか？」と、セリガアル。

「きみはこのなかの二百名とともに、もよりの人質収容所をめざしてくれ。可及的すみやかに山岳地帯に到着するよう急ぐのだぞ。そのさい、できるだけ明確なシュプールをのこすようにしてもらいたい」

「あなたはどうするので？　あと、のこりの百名は？」

「ちがう目的地をめざす」アトランはこの質問をかわした。「きみたちがシュプールをのこしてくれれば、兄弟団の注意をそらすことができる。われわれがここで別れたことを知られてはならない」

「それが……それが、最初からあなたの計画だったのか！」セリガアルは言葉をつまらせながら、「なぜ話してくれなかったのです？」

「この瞬間まで、ここにいるだれかが敵の手に落ちるかもしれなかったからだ。真の計画は秘匿《ひとく》しておく必要があった」

「どこへ……つまり、なにを考えているので？」

アルコン人は笑みを浮かべ、

「つねに用心は怠らないようにせねば」と、コメント。「きみが知らなければ、なにか洩らして裏切ることもあるまい」

「裏切る？　わたしは裏切り者ではありません！」

「兄弟団にかかれば、どんな正直者でも裏切り者に変身させられる」

そのとき、だれかが人ごみのなかから近づいてきた。びしょぬれの衣服の襟の上から銀色の鱗《うろこ》がのぞいている。

「話は聞きました」と、いったのはチャングだ。「お供します、アトラン」

アトランはターツをじっと見つめ、うなずいた。

「きっとそういうだろうと思っていた。よかろう。たのんだぞ。ニヴリディドとチャクタルとパンチュ、それに突撃コマンドの十名を連れてきてくれ。あと、危険な任務を恐れない者を九十名。急ぐのだ！　夜明けまでに出発する」

5

仕事の疲れを癒したいとき、デリルは私室にこもる。そこに若い女クラン人を大勢かこっているのだ。この〝デリルのハーレム〟については、汚染された男の耳にとどかないところで噂がひそかに流れていた。

だが、ふつうの兄弟団メンバーはデリルのこうした趣味をまったく知らない。巨大組織の黒幕かつクランドホルの次期公爵と目されている男が、クランの道徳に反する行為にふけるなど、もってのほかだ。デリルもそれはわかっている。というわけで、〝ハーレム〟のことは第一級の秘密であった。

その秘めた平和的風景が乱されたのは、ある午後のこと。ドアブザーがうるさく響きわたったのだ。女たちはあわてふためいてデリルのそばをはなれ、わきの部屋にひっこむ。ドアが開くと、はいってきたのはニルゴードだった。殴られるのを恐れるように身をかがめている。汚染された男はベッドの上に起きあがり、

「わたしの休息をじゃまするとは、よほど重要な知らせを持ってきたのだろうな」と、

きびしい声でいう。

「重要も重要」ニルゴードは熱心にうなずき、「事件です。ヌゲッ・ステーションから人質数百名が脱走しました」

「なんだと？」デリルは跳びあがった。「なぜそんなことができたのか？」

「わかりません。大きな爆発があって太陽灯が消え、ボート数艘が盗まれ、人質が夜陰にまぎれて逃げたのでして」

「ということは、いま脱走したわけではないのだな？」その声は危険を感じさせるほどおちついていた。

「ええ、ゆうべの出来ごとです」

「なぜいまごろになって知らせてきた！」

「パトロール隊の隊長が事件の経緯を調べてから連絡してきたため、遅くなりました」

「で、どういう経緯だったのだ？」

「人質たち、どうやらこちらの浮遊機を罠にかけたようです。乗員六名を無力化して拘束したのち、浮遊機に爆弾をとりつけ、発電ステーションに向けて飛行させました。太陽灯にエネルギーを供給しているステーションです。その隙に、人質の数名が湖にはいり……」

「細かい話はいい！」デリルはどなりつけた。「逃げたやつらはどっちへ行った？」

「湖の反対岸から北東に向かったようです。目的地はおそらく、スワヒゴル製造施設の近くにある収容所かと」

「なんのために？」

「そこでも同じく人質を逃がし、大規模部隊をつくるつもりでしょう」

「やつらのシュプールはつかんだのか？」

「あとを追ってはいますが、東の山岳地帯にはいりこんでしまったため、まだ見つかりません」

デリルは足をひきずりながら行ったりきたりする。かろうじて下着だけを身につけた姿だが、それでも上司に対するニルゴードの畏怖の念は変わらない。

「ほうっておけ」汚染された男がうなる。「やつらが本当にスワヒゴルへ向かっているなら、そこの見張りを強化すればいいだけで、話はかんたんだ。全員が脱走したわけではないのか？」

「ええ、ほぼ三百名です」

デリルは正常なほうの目でニルゴードを射ぬくように見つめ、

「のこった人質に報復しようなどと、よもや考えてはいまいな？」

「いえ、こちらのメンバー六名がまだ拘束されていますから。でも、パトロール隊長が人質を尋問し……」

「やめさせろ！」デリルがすごむ。「手出しさせるな！　人質が六名を解放しようがしまいが、ほっとくのだ。捕まったやつらもばかだが、とにかく人質になにかあってはまずい。たちまち第一艦隊にわずらわされることになるぞ」

そういうと、いきなり話題を変え、

「クランへのごみ爆弾投下は、いつ可能になる？」と、訊いた。

「二日後です」

「よし。ここからが勝負だ」

兄弟団の首領が横柄なジェスチャーで退室を命じると、難題を大過なく切りぬけてほっとしたニルゴードは、音もなくドアをすりぬけ、ヌゲツのパトロール隊長にデリルの命令を伝えにいった。

汚染された男はおちつきなく部屋を歩きまわった。わきの部屋からひとり、またひとりと若い女が出てきたが、ぞんざいな言葉を投げて追いはらう。いまはお楽しみに興じる気分ではない。脅威を感じていた。いったいどうして丸腰の科学者や技術者が、このようなくわだてを実行できたのか？

サポート役がいるにちがいない……外からの協力者が！　そうとしか考えがつかぬ。こっそりウルスフに忍びこんだ敵がいるのだ！　三日前、廃棄物処理施設の構内に響いた制御ステーションの警報のことが、デリルの脳裏をよぎった。

*

アトランたちがカテンビ谷の東境にあたる山脈の麓についたのは、その日の午後遅い時間だった。一行は一度も休憩をとらず酷暑のジャングルを何時間も歩きつづけ、曲がりくねった谷が丘を縫う場所へ出て、小川をわたった。行軍の途中でアトランが青空高くにパトロール機の光点を見つければ、あらかじめ決めてあった命令を発し、動きをとめた。

時間が経過するにつれ、目的地に関する質問は出なくなっていった。アルコン人はなにも情報をあたえない。だが、行軍が進めば進むほど、これほど苦労してめざしている方向に存在するのがなんであるか、はっきりしてきた。山をこえた場所にある兄弟団の本部拠点だ。

日暮れ近くになって、一行は岩壁にかこまれた盆地のような場所についた。ところどころに木々が生えている。アトランはここでようやくとまり、水がきれいな小川の岸に近い木の下で宿営することにした。多くの者は疲れはて、ただ渇きを癒すことしかできない。みな小川の水をぞんぶんに飲んだあと、地面に倒れこみ、たちまち眠ってしまった。アトランと仲間たちは小川の数十メートル上流に場所を見つけた。

ここまでの行程にアルコン人は満足していた。上空を行きかうパトロール機の数は、これまでとくらべて増えていない。つまり兄弟団の本部拠点は、ここで志願兵百名が別行動しているとは気づいていないということ。この日の午前中に丘の上から見たさい、東の湖岸でかなりの動きがあった。セリガアルの一行がのこしたシュプールを発見したにちがいない。なのに、兄弟団が逃亡者たちを追跡する兆候はなかった。これには最初、アトランも驚いたもの。だが、すぐに得心がいった。セリガアルたちが向かった方角を見れば、べつの人質収容所が近くにあるスワヒゴル製造施設が目的地ということは明確だ。どのルートを通るかわからない逃亡者を追いかけるのはやめ、スワヒゴルで待ち伏せすることにしたのだろう。そのほうがむだな労力を使わずにすむし、深い森をぬけて追跡するよりも確実に捕まえられる。

アルコン人はたいらな棒状の凝縮口糧をほおばった。塩からく、ぴりぴりした味だ。これを食べたら、クラン人が美食家でその食事風景は宗教儀式のごとく形式ばっているなど、だれも想像できないだろう。と、そのとき、一ターツが木の下からこちらへやってきた。チャングだ。アトランが見あげると、チャングはその場につったったまま、いった。

「兄弟団の本部拠点を襲うつもりなのですね」おちついた声だが、非難がこもっている。

「そこが目的地なんだ。認めたらどうです！」

「認めよう」アトランはさりげなく答える。

「あなたはわれわれに、汚染されたデリルの戦闘員がゆうに千名をこえると説明したではないですか。その状況下でこんな作戦、自殺行為にほかなりません」

「セリガアルは最初からいった。これは自殺行為だと」と、アトラン。「それでも、ここまでただひとりの負傷者も出ていない」

「目的地が本部拠点だとわかっていれば、志願する者などいませんでした」

「わたしがもとめたのは、危険をかえりみず、死をも恐れない志願兵だ」アルコン人の声はきびしい。「であれば、目的地がどこであろうと関係ないはず」

「死をも恐れないのと、確実に失敗して死ぬ作戦に参加するのとは、まったくわけがちがいます！」

「わたしがおのれの命をそれほど無価値とみなしていると、本当に思うのか？　かんたんに捨ててしまうほど？」と、アトランは問う。「わが作戦はきみが考えるほど絶望的なものではない」

「だったら、どういう計画なのか教えてください！　詳細が明らかになれば、あなたについていくかどうか、各自で決めますから」

アトランは立ちあがった。ターツよりも指数本ぶんほど背が低いが、その表情は決然としており、赤い目には怒りの炎が燃えている。

「いったいだれが大勢のなかから、よりによってきみのような男をスポークスマンに選んだか、知りたいものだ」ぴしりという。「兄弟団は癌細胞と同じ。切除し、無害化しなければならない。それを実現するのがわが計画だ。詳細を知る者がすくなければそれだけ、敵に洩れる危険を防ぐのも容易になる。必要な時がくれば明らかにするが、それより一秒たりとも先に話すつもりはない。まして、おのれを実態よりも重要人物と買いかぶっているエゴイストを満足させるために、わが計画を打ち明けることなど、こんりんざいない」

アルコン人の威嚇的《いかくてき》な視線にターツはたじろぎ、数歩あとずさった。

「いいたいことはそれだけですか？」

「まだある！　よくおぼえておけ。もしきみが志願兵たちを不安におとしいれるようなことをしたら、ただではすまんぞ」

＊

チャングが去っていくと、シュプール探知者パンチュがこっそりあとを追った。アトランはニヴリディドに向きなおり、

「チャングの感情を知覚したか？」と、訊く。

プロドハイマー＝フェンケンは、わからないといいたげに、

「はっきりしませんが、憤慨していますね。あなたがいったとおり、かれは自分を過大

評価しているので。ただ、それだけじゃない。感情よりもむしろ理性で動いているところがあります。どういう動きかわかりませんが……なにかたくらんでいるのはたしかです」

「目をはなすな！」と、アトランは命令する。

数分後、クシルドシュクがもどってきて、

「チャングはだれとも話をせず、寝てしまいました」と、報告。

〈ヒュプノ操作しますか？〉チャクタルが明滅信号を送ってきた。

アトランは否定し、

「そんなことをすれば、ほかの者たちに気づかれる。志願兵たちのあいだに不安や不信がひろがることは、なんとしても避けねば」

その後、かれは夢もみずに眠った。夜明け一時間前、とりきめどおりパンチュに起こしてもらう。恒星が山の向こうに顔を出すより早く、一行はふたたび出発した。

じつをいうとアトランは、チャングに啖呵《たんか》を切ったほど自信満々というわけではなかった。計画はまったく確定していない。訓練された兄弟団の戦闘員千五百名に対し、未熟な志願兵が百名で、どうやって難問を解決できるのか？　ヌゲツ・ステーションで手にいれた収穫物が思っていたよりすくなかったので、こちらの武装は貧相である。五人にひとりがブラスターかパラライザーを所持しているだけ。おまけに、あのターツがどうしたって騒ぎをひきおこすと予想せざるをえない。まさに絶望的状況だ。

どういうふうにことを進めていくか、その場で探って決めるしかあるまい。意識の奥のどこかに、廃棄物処理施設を計画にふくめてはどうかという発想が浮かんだ。まだ曖昧なアイデアにすぎず、具体的なかたちにはなっていないが、よく考えればそのうちなにか思いつくだろう。

正午ごろ、一行は分水界をこえ、切り通しのような場所からようやくカテンビ谷の眺めを見おろすことができた。この日のぶんの食糧はまだ持っている。十二時間は空腹でもすごせるだろう。しかし、遅くともあさってのこの時間には目的地に到着していなければならない。アトランは気が気ではなかった。おのれは自船を焼きはらってしまった総司令官なのだ。

やがて、植生もない岩がちの山峡にはいった。午後の酷暑に照りつけられた岩が容赦なく熱を浴びせてくる。アトランは忠臣三名と相談して、歩みをゆるめ、行列の最後尾までもどることにした。消耗した者がいたら助けて歩かせようと思って。

さいわい、この苦行には終わりがあった。列の前のほうから大きな歓喜の声が聞こえてくる。山峡の向こうが開けて、木々の繁茂する窪地が見えたのだ。疲れた足どりの一行は、一刻も早く殺人的な暑さから逃れて涼しい木かげに行きたいとの思いで、たちまち小走りになる。その瞬間、アトランは雲ひとつない空にパトロール機があらわれたのを見た。

「とまれ!」と、命じる声が山峡に響きわたる。

しかし、大よろこびで歓声をあげる面々には聞こえない。命令はうしろから順に伝えられていき、最後の者に到達するまでに数秒かかった。列の先頭は緑深い窪地まであと数十メートルのところにいる。アトランは自分がかれらになにを要求しているか、よくわかっていた。あとすこしで涼しい木かげが呼んでいる状況を前にしながら、焼けた岩の上にとどまって地面に這いつくばるには、超人的努力が必要だ。

アルコン人はできるだけぴったり岩肌にくっつき、パトロール機の動きを目で追った。機は五千メートル上空を飛行している。向こうが高性能カメラを使って注意深く観察しているとしたら、この距離は安全とはいえない。

それから数秒、やがて数分……じりじりするほど時間をかけて、銀色のリフレックスが視界から消えていく。このまま遠ざかるか、あるいは怪しい動きを近くで確認しようと、突然もどってきて降下するだろうか?

そのとき、小石がひとつ、上から岩肌を転がってきた。またひとつ。アトランはちらりと見あげたのち、きらめく点となったパトロール機にふたたび視線を向ける。機影は視界のはしをなす山峡の縁に近づき……アルコン人は一瞬、心臓がとまりそうになる!

……ついに消えた。

アトランは安堵の息をついた。汗じっとりの背中を熱い岩肌からはなし、前かがみの姿勢のままさらに数分、もうパトロール機がもどってこないと確信するまで、注意深く空を観察する。

「進んでよし！」声が山峡にこだました。

一行は立ちあがり、窪地へと駆けだす。多くの者は、涼しい場所を見つけたとたん、そこへただ転がるようにおりていくだけだが、余力のある者はジャングルに分けいり、うっそうとした森を育《はぐく》んでいる泉を探した。しばらくして、歓喜の叫びと水音が聞こえてくる。かれらの努力はむだではなかったのだ。

アトランだけは山峡から動こうとしなかった。心配そうにやってきた忠臣三名に、大丈夫だと合図を送る。三名が去っていくと、数歩移動して、岩肌の上方に目をやった。さっき、石がふたつ転がってきたあたりだ。

「だれかいるのか？」と、声を出す。

山峡の縁にあたる岩塊の下で動きがあった。背の曲がった華奢な姿があらわれたのを見て、冷静なる思索家アトランですら、驚きの声をおさえることはできなかった。

「シスカル！」と、思わず口をついて出た。

＊

「この険しい山道を、なんだってこんな軟弱な連中といっしょに歩いているのです？」

シスカルが訊く。

彼女は山岳地帯の勝手を知っていた。山峡ぞいの五十メートル先に、上からここまでつづいている細道があり、それを伝ってやってきたのだという。ろくに寝ていないらしく、疲れきったようすだ。目が落ちくぼみ、ぎらぎらしている。喉の渇きは癒すことができたが、空腹らしい。アトランは持っていた最後の凝縮口糧を老女にあたえた。

「かれらはヌゲッツ・ステーションの科学者および技術者だ」と、シスカルの質問に答える。「そのなかでは最高のメンバーだが」

「この連中で兄弟団の本部拠点を攻撃するんだとしたら、宇宙の光の慈悲にゆだねるしかないですね」

「向こうのほうが優勢だと？」

「それどころじゃありません」シスカルは声を強めて、「首領ひとりでも、あなたの軍勢に匹敵するほど」

「デリルのことか？」

「そう、汚染された男、デリルです。この男を知った経緯について、一昼夜ずっと考えていました。デリルという名はかなり前から有名なので、防衛隊が調査するようになったころの記憶を思いだそうとして。ところが、わたしはまちがったシュプールをたどっていた。記憶はずっと過去にさかのぼるものだったのです。あれは、デリルがまだ〝赤のクーティル〟と名乗っていたころのこと……かれはノースタウンの古い中心地区にある極悪犯罪組織のリーダーでした。われわれ、何度かあと一歩のところまで追いつめたもの。それで危機感をいだいたのか、結局クーティルはやがて表舞台から姿を消してしまいました。何年もたってから、いまの名前となってクールス＝ヨトにあらわれ、ルゴシアードに参加したわけです。デリルとクーティルが同一人物だとは思いもしませんでした……いまのいままで」

「たしかなのか？」

「まちがいありません。足をひきずる歩き方を見て、ひらめきました。あれもデリルの顔の傷と同じく、数年前の毒物による致命的事故のせいだとだれもが考えていますが、事実は異なります。わが部隊の者が脚を撃ったのです……赤のクーティルを追いつめたさいに。もうすこしで、その悪行をとめられるところだったのですが」

アルコン人は沈黙した。意識の奥にぼんやりした考えが渦巻きはじめる。

「赤のクーティルという男はいまでもお尋ね者だと思っていたが」

「積極的に追ってはいません。ただ、まだ手配者リストには載っています」シスカルはすごみをきかせた表情で、「クランの光にかけて……クーティルは何年ものあいだ、狼藉《ろうぜき》のかぎりをつくしてきました。どんな文明社会も、あれほどひどい男の存在を忘れることはできません」

「クランに知らせたほうがいいな」アトランは考えこみながらいう。その思いが頭から去らない。「兄弟団の黒幕が赤のクーティルとわかれば、団に共感をよせる国民はいなくなるだろう」

「たしかに」と、シスカル。「しかし、どうやって？　通信手段はすべて兄弟団の手中にあるのですよ」

「気づかれずにこっそり本部拠点に侵入する手段はないか？」

「わたしも本部内をあまりよく知らないのです。囚われのあいだずっと、窓のないつづき部屋にいたので。そこから二度デリルのところへ連れていかれ、二度めに擬メスクラニットのカプセルをのみこんだわけですが……ま、ためしてもいいでしょう。ただし、侵入できてもそこから通信ステーションを探さなくてはならない。次に、ふたたび気づかれずにこっそり消えなくてはならない」シスカルは疑わしげにアトランを見て、「関門が山ほどあります。すべてうまくいくとは、とうてい思えませんね」

＊

シスカルの登場は志願兵たちの注目を集めた。惑星クランの女防衛隊長は公人の象徴的存在である。だれもがすぐに彼女だとわかった。シスカルは一行に本部拠点での体験を話して聞かせた。深慮遠謀の人なので、志願兵たちの気をくじくような表現はうまく避けながら。彼女が話しているあいだ、アトランはチャングのようすを観察した。だが、ターツがなにを考えているのかはわからない。ニヴリディドも、こちらのもの問いたげな視線に曖昧なしぐさを返すばかり。

アトランは焦《あせ》っていた。早く兄弟団の本部拠点をつきとめたい。予想より早く決定的瞬間がやってきそうだと、内なる不安が告げるのだ。シスカルの話では、カテンビ谷の東の地を安全に一望できる場所があるとのこと。気がつけば恒星は沈んでいた。

「この時間では行ってもしかたあるまい」と、アトラン。「細かいところまで見わたすには、日中でないと」

「心配ご無用。汚染されたデリルは、つねに本部拠点の周囲をこうこうと照らしています。夜でも昼間と同じくらいよく見えますよ」シスカルはそう答え、笑いながらつけくわえた。「おそらく、身の危険を感じているんでしょう」

チャクタルは志願兵たちとともにのこり、パンチュとニヴリディドがアトランとシスカルに同行することになった。クシルドシュクはなんとしても必要だ。足もとがよく見えないところでは、パンチュに能力を発揮させ、進む道をしめしてもらわないと。

四名はまだ昼間の暑熱がこもる岩がちの荒れ地を進んだ。シスカルはここ数日ひどい目にあったにもかかわらず、こたえているふうに見えない。アトランはひそかに舌を巻いた。先頭に立って行軍のテンポを決めるのもシスカルで、若いスポーツマンのように敏捷《びんしょう》な足どりで岩場の障壁をこえていく。とうとう短足のパンチュが息を切らして音《ね》をあげたため、すこしゆっくり進むことになった。

シスカルのいったことは大げさではなかった。一時間あまり歩いたのち、谷底から数百メートルの高さにある岩地のへりに到達。下に目を向けると、一部は岩壁にかくれ、一部は谷の地面に押しやられるかたちになっているが、こうこうと照らされたピラミッド建物五棟が概観できた。もう八百年以上前から、はやらなくなった建築様式で……クランの宇宙航行時代の幕開けをしめす記念碑である。

この明るさは、建物群のまわりに環状に設置された複数の太陽灯によるものだった。輪になって浮遊しながらゆっくり移動しており、アトランの見積もりでは地面から八十メートルの高さにある。上部はカバーでおおわれているため、岩場の上のほうは影になっていた。岩場の下のほうと谷の建物群以外の場所には木々がうっそうと生い茂っているが、建物の周囲は伐採されている。ピラミッドのひとつに近づこうと思ったら、掩体《えんたい》もなしに、見通しのいい草地をすくなくとも三十メートルは進まないといけない。アトランはゆっくり移動する太陽灯を観察し、どの位置にきたら伐採地に影が生じるか予測してみた。

垂直に切りたつ岩壁からもっとも近い場所にある建物は二棟。そのひとつは比較的たいらなピラミッドで、基部面がひろい。最上階は一辺が三十メートル以上ある正方形になっていて、そこから奇妙なかたちの構造物が多数つきでている……アンテナにまちがいない。

「どうやら通信ステーションの場所はわかったな」アルコン人はつぶやいた。「いま宇宙服があれば、あの屋上にたやすく着地できるのだが」

このアイデアは二、三時間前なら有効だったかもしれない。宇宙服のかくし場所は、ここから数十キロメートル北にある藪のなかだ。おそらく一日半あれば、行ってもどってこられるはず。だが、このときアトランは確信していた……時間が切迫していると。というわけで、もっとも困難なやり方で問題解決しなければならなくなりそうだ。おのれの確信がどこからくるものかはわからないが、それでもたしかにある。それにしたがうことに疑いはみじんも持たなかった。

「あそこに割れ目が。せまいですが、行けないこともありません。下までつづいていますよ」と、パンチュが岩場の向こうはしの暗がりを指さした。「照明もとどかないし、あそこをおりていくのがいいのでは」

「下までおりたとして……それからどうします？」シスカルが訊く。

アトランはあらためて、移動する太陽灯に目を向けた。と、突然、ニヴリディディドが跳びあがり、ちいさく声をあげた。アルコン人は思わず身を起こす。

「どうした?」

「チャングが」と、プロドハイマー＝フェンケンの緊迫した声音。「なにか決断した!」

「なにを……」

そのとき、はるか下でサイレンが鳴った。もう一度……さらにもう一度。ピラミッドの側部に階段状の出入口が出現し、そこから数人が跳ぶように大急ぎでおりてくる。驚いてようすを見守るアトランたちのところまで、どなり声が聞こえてきた。

「チャングのやつ、通信装置を持っていたんです」ニヴリディドの声は沈んでいる。「この二日間の行軍で消耗し、比類なき感情知覚の才を発揮するのに必要な力を使いはたしてしまっていたのだ。「われわれの行動を兄弟団に密告したのを、はっきり感知しました!」

アトランは谷を見おろした。ピラミッド三棟の最下階にある門が開き、ボウル形の浮遊機が数機、滑りでてくる。階段を急ぎおりてきた者たちが、それに飛び乗った。浮遊機は上昇し、太陽灯に照らされた場所から消える。エンジンのうなり音を聞けば、東に向かったことは明らかだ。岩山のバリアをこえ、志願兵たちのいる盆地をめざしている。ニヴリディドのいったことでまちがいない。

アトランの脳裏をさまざまな思いが飛びかった。志願兵たちを助けることは、いまはできない。いや、そもそも助けを必要としているのか？　チャングすなわち科学者がみずから兄弟団に連絡したのではないか。自分たちは全員、アトランに無理やり強制されて収容所を出たのだ、と、いったかもしれぬ。汚染されたデリルもばかではないから、人質に手荒なことはしまい。本当にあぶないのはただひとり、チャクタルだけだ。きたる危険を察知して、うまく逃げおおせただろうか？　アイ人には第六感があるといわれており、ときに虫の知らせを感じることがあるらしい。チャクタルもわが身に迫るものを感じただろうか？

いつのまにか、ピラミッドはおちつきをとりもどしていた。戦闘員を送りだしたデリルは、勝利を確信しつつ、その帰りを待っているだろう。アトランと同行者三名が別行動に出たことも、チャングが洩らしたかもしれない。数分前に出発した浮遊機のほとんどは志願兵たちを収容しにいっただろうが、逃げた四名を探せと命じられたものも一、二機あるはずだ。汚染された男にとり、なにより重要なのは、アトランを捕まえることだから。

シスカルが左腕に触れてきた。

「なにを考えているかはわかりますが」と、いう。「ひとついわせてください。デリルはいまこの瞬間、われわれが本部拠点に侵入することだけは、予想だにしていませんよ」

6

割れ目をおりていくのは至難のわざだった。クシルドシュクなら充分つかまるところがあるが、それよりからだの大きい者は、爪先と両手指を必死につっぱりながら、非常にせまい隙間に一歩ずつ踏みださなくてはならない。ひとつまちがえば、地滑りとともに深みにまっさかさまだ。

シスカルのいうとおりだった。気づかれることなく兄弟団の本部拠点に侵入できるチャンスがあるとすれば、それはいまこの瞬間をおいてほかにない。デリルはニヴリディドの能力を知らないはず。チャングの口からそれを聞くまでには、すくなくとも一時間ある。アトランは思った……兄弟団はまず罠をしかけるだろう。仲間たちのもとへもどったわれわれ四名が、なにかあやしいと気づいたが最後、一網打尽にするつもりなのだ。だが、罠がはられたのは山岳地帯であって、ここカテンビ谷周辺ではない。

割れ目は岩壁の内部に切れこんでおり、高さ一メートル半のはりだしがあるため、太陽灯の明かりからは影になる。草はまばらで、アトランは岩をつかみそこねて滑りおちそうになり、悪態をついた。この難儀な下山はいつになったら終わるのか！

そのとき、花の香りがした。はりだしの上に、椰子《やし》に似た熱帯樹林の輪郭が浮かびあがる。やっとか！　森の木々がまばゆい照明を完全にさえぎっている。その深い闇のなか、一行はのこりの距離をこなした。ずっと先を行くパンチュが、谷底についたと知らせてきた。

ここからもクシルドシュクが先頭だ。ジャングルのなか、パンチュはたしかな本能でもっとも障害物のすくない道を選んでいく。生い茂る下草を分けて右へ左へ進みながらも、方向を見失わない。森の縁に到達すると、屋上にアンテナのついたピラミッドがもう目の前にあった。

アトランは地面に這いつくばり、影になった場所のはしまで行くと、神経を研ぎすまして伐採地のほうをうかがった。太陽灯に照らされ、くるぶしの高さの草が生えた地面から、三十メートル上のあたりを見る。そこからピラミッド最下階に視線をうつすと……出入口のアルコーヴが見えた！　扉じたいは影のなかにある。すぐに開けられなかったとしても、発見を恐れる必要はない。ただ……どうやってあそこまで行くか？

そのとき、エンジン音が耳に飛びこんできた。浮遊機四機が降下してくる。どの機も、あらゆる種族の者を収容人員ぎりぎりまで乗せた状態だ。命令を叫ぶ声がして、乗客が降りてくる。武装したクラン人部隊が二列にならび、人質たちはそのあいだを歩いて、五棟のなかで最大のピラミッドのなかに駆りたてられていった。アトランはチャングを見つけた。みずから裏切った者たちと同じあつかいをうけている。いい気味だ。兄弟団の捕獲作戦は無血に終わったらしく、ひとりの負傷者も見えない。しかし、どれほど目を凝らしてみても、チャクタルの姿はなかった。

だが、アイ人を探しているひまはない。願ってもないチャンスが舞いこんだのだ。人質たちが次々に降ろされるなか、こちらに目を向ける者はだれもいない。兄弟団の注意はもっぱら、うなだれて大きなピラミッドにのろのろと向かう志願兵たちに集中している。かれらが正面入口らしき場所へ消えたところで、アトランは同行者たちにささやいた。

「いまだ！　四人いっせいに……行くぞ！」

全員かたまって草の上を走る。思ったとおり、こちらに気をとめる者は皆無《かいむ》だ。出入口アルコーヴの暗闇に到達して、アトランは振りかえった。自分たちの走った跡は草が踏みしだかれているが、これはどうしようもない。空気が湿っているから、あと二時間もすれば露がおりるだろう。うまくすれば、だれかが足跡に気づく前に茎がふたたび起きあがるかもしれない。

扉はとくに問題もなく開き、四名は明らかに物置と思われる薄暗い部屋に行きついた。もう使われなくなった受信機、増幅装置、操作コンソールなどが、壁にそって積みあげである。そのがらくたのなかに、古い浮遊ロボットがあった。

アルコン人は魔法にかかったように立ちつくす。意識の奥のアイデアが突然、かたちになったのだ！　壊れたロボットをひと目見たとき、それまでずっと意識下の混沌にひそんでいた計画がひとりでに浮かびあがってきた。

安堵感に満たされた。これで、汚染された男の息の根をとめることができる！

＊

大きな通信室には、不機嫌な顔で勤務につくクラン人の男がひとり。かれは敵を一瞥《いちべつ》することさえできなかった。ドアが開きはじめたとたん、アトランが発砲。男は振り向くひまもなく、麻痺ビームをうけてクッション・シートから滑りおち、床に沈んだ。

ニヴリディドが見張りとして、出入口アルコーヴからつづく通廊の反対側に立った。古いピラミッドのなかは、しんとしている。とはいえ、建物内にいるのがこのクラン人だけというほど幸運に恵まれたはずはない。

操作コンソールにつくのはシスカルだ。アトランはあらためて、このクラン人老女に感嘆の念をおぼえることになった。ここ数時間の難行苦行の影響などどこにも見られない。集中し、熟練の腕で装置を操っている……まるで、生涯ずっと複雑な通信機器の操作だけに専念してきたかのように。通信相手はヘスケント地区で勤務中の高官だ。だがこの男はあいにく、シスカルのさしせまった要求をちっとも理解できなかった。スクリーンにうつる防衛隊長の顔を見たのち、たっぷり一分以上かけて、必死に事態をのみこもうとする。

「わたしは……あなたは……いいえ、あなたを……だれも先週から見かけていませんが」と、しどろもどろで、「失踪し……行方不明に……いいえ、誘拐されて……」

「わたしはウルスフにいる」と、シスカル。「兄弟団に拉致《らち》されたのだ。しかしこれから、かれらの悪行をやめさせる」

「当局に知らせます！」高官はあわてた。「ただちに。そうしないと……」

「動くな！」防衛隊長がどなりつける。

声の鋭さに、相手はおののいた。

「わ……わかりました。動きません」と、つぶやく。

「赤のクーティルに関する全データがほしい」と、シスカルは要求。「マシンに判読できる形式をもちいて！」

「赤のクーティル」高官は困惑しておうむがえしに、「すべてのよき精霊にかけて、なぜそんな昔の話を……」

「どうでもいい質問はやめて、さっさとやれ！」

防衛隊長の命令をうけ、クラン人は大急ぎでスイッチを操作した。混乱しているうえになんの説明もされなかったためか、要領を得ない。いらだって悪態をついたのでわかったが、何度か操作ミスをしたようだ。数分も過ぎてから、ようやく顔をあげ、

「全データを呼びだしました」

「こちらへ転送しろ！」と、シスカル。

小型記録装置のコントロール・ランプが光る。データ転送には数秒しかかからなかった。記録装置から、おや指の爪ほどのちいさな記憶プレートが排出される。アトランはそれを手にとった。

「クラン国民に以下のことを知らせるのだ」シスカルは高官に指示した。「デリルと名乗っている兄弟団の黒幕の正体は、赤のクーティルだと。司直の手を二十年以上も逃れ、潜伏していた男だ」

「あなたはどうするので……」

「テルトラスに行き、ムサンハアルにこの通信内容を伝えよ」シスカルは相手の言葉を無視して、「わたしがぶじなこと、数時間後には自由になることも」

防衛隊長はまだなにか相手が質問してくる前に通信を切断し、立ちあがると、

「必要なものは手にはいりましたか？」

アトランはうなずいた。手のひらにのせた記憶プレートから目をはなさずに、

「文句なし。クーティルの顔、身長、性格的特徴、細胞組織の基質や小脳振動パターン

までふくめて、すべてコンピュータに判読可能な形式になっている」

アトランはにやりとし、

「こんどこそ、汚染されたデリルも一巻の終わりだ」

そのとき、ニヴリディドが開いたドアからそっとはいってきた。急いだようすで、

「下の階で物音が。やつらにちがいありません」

＊

アトランが見守るなか、パンチュは記憶プレートと、色鮮やかな特別検閲官の身分証明バッジをベルトにしまった。

「ここからわれわれの運命は、きみの行動にかかっている」と、アルコン人。「いいか。施設内でいちばん南東にある第十八制御ステーションへ、可及的すみやかに到着するのだぞ」

侏儒《しゅじゅ》のようなクシルドシュクが了解のしぐさをした。パンチュのシュプール探知能力をもってすれば、谷の北にある廃棄物処理施設にもっとも早くたどりつくチャンスがある。四名は通廊のようすをうかがった。物音が近づいてくる。パンチュはすばやくその場からはなれた。ほかの三名が追っ手の気をそらすあいだ、どこかにひそんでいて、混乱がピークに達したところを見はからい、出発するつもりなのだ。

アトラン、シスカル、ニヴリディドはパンチュと反対方向に後退し、通廊が分岐する場所にかくれ場を見つけた。この物音が実際、侵入者を発見したことによるものかどうか、まだわからない。もしそうなら、なぜ発見されたのだろう。草にのこした足跡に気づかれたか、あるいは、権限のない者が通信装置にアクセスした場合、べつの建物で警報が鳴るようにしてあったのか。

通廊の向こう側から数人の姿があらわれた。相手の意図は明らかだ。武器をかまえ、用心深く進んでくる。かたっぱしから部屋のドアを開けては、不審者がいないかうかがっている。このままではまずい。どこかの部屋にパンチュがかくれているかもしれないのだから。

アトランはパラライザーを発射。鋭いビーム音があたりをつらぬく。叫び声がして、一クラン人がどさりと床に沈んだ。

「あっちにいるぞ！」と、だれかが大声を出す。

敵はアルコーヴのかげに見えなくなった。アトランは仲間二名に合図。全員でかくれ場から飛びだし、わざと足音をたてながら側廊にはいった。すぐうしろから追っ手がくる。アトランは不用意に近づいてきたクラン人をもうひとり倒した。四方八方からパラライザーのうなり音がするが、追われる者たちはふたたび形勢逆転した。アトランはクロノグラフを一瞥。この追いかけっこがはじまってから二十分たっている。パンチュはうまく脱出できただろうか？

終わりの時はくるべくしてきた。追っ手をもうすこしひきとめようと奮闘するうち、ついに行きどまりになったのだ。勝利を確信したらしい兄弟団メンバーが雄叫《おたけ》びをあげた。

三名は通廊の正面壁まで後退していく。壁が背中に触れるのを感じたとき、アトランはこれ以上の防戦が可能かどうか見きわめようとした。あたりを見まわし、壁に隙間があいているのを発見。武器をかまえる。だが、追っ手のほうがすばやかった。アルコン人は頭部に一撃をうけて、脳の奥深くまで衝撃がはしるのを感じ……やがて、あたりが暗くなった。

＊

ごつい手につかまれ、持ちあげられたところで、アトランは意識をとりもどした。とどろくような声が耳に響いてくる。

「未来の公爵がお話しになるのだ。起立しろ！」

まだ朦朧《もうろう》としていた。頭ががんがんする。だが、細胞活性装置が麻痺ビームの後遺症を除去するべく、神経系に刺激をあたえ、血流を増やしているのは感じられた。

見わたすと、ひろいホールにいた。アーチ形の窓から朝日がさしている。どれくらいのあいだ意識を失っていたのだろう。時間をたしかめようとしたが、クロノグラフは没収されている。ベルトを探ったところ、もちろん武器もなかった。窓の下には不機嫌な目つきのクラン人が三名、壁ぞいに立っている。全員、同じ格好だ。兄弟団メンバーであることをしめす制服のようなものだろう。壁のずっと向こうには、ともに兄弟団の本部拠点を制圧しようとしていた志願兵たちが、悲嘆にくれたようすで集まっていた。チャングの姿もあるが、ほかの者とはなれて立っている。科学者や技術者たちに戦闘経験はないとはいえ、裏切り者を軽蔑する感情はだれも同じなのだ。

ひろいホールの中央、階段を三段あがったところの台座に、シートのようなクッションのような調度が置かれている。まちがいなく〝玉座〟であろう。そこに一クラン人がふんぞりかえっていた。アトランはこれまで、かれの姿を映像でしか見たことがなかったが、その醜い顔ですぐにわかった。デリル、汚染された男である。けばけばしい色のたっぷりした衣服を身につけ、ひきつれた顔に陰険な笑みを浮かべて、舐《な》めるようにこちらを見ている。勝利の瞬間を最後までじっくり楽しもうというふうに。

シスカルとニヴリディドは浮遊担架《たんか》に乗せられていた。まだ意識がもどっていないのだ。クシルドシュクを目で探したが、どこにもいない。パンチュは追っ手を逃れることができただろうか？　アイ人チャクタルの姿もやはり見あたらない。

アトランは玉座の右に立つ一クラン人を観察した。クランで手にいれた情報からすると、デリルの代行ニルゴードだ。腰抜けという話だが、たしかにそう見える。デリルを無力化したのち、あの男が指揮をとることになれば、兄弟団はもはや危険な存在ではなくなるだろう。

デリルが合図すると、ホールのざわめきがしずまった。この隙にアトランは背後にちらりと目をやった。未明に人質たちがはいってきた大きな正面入口がある。つまり、ここは最大のピラミッドで、この大ホールはデリルの謁見の間ということ。

「さて」と、汚染された男はホールにとどろきわたる大声で話しはじめた。「力強きデリルの大勝利を阻止できると思っていたおろか者がいるらしい。ここに集まったのは、そうしたおろか者の一団だ。ほとんどは、よく考えもせず一団にくわわったようだが、そのなかで群衆を煽動《せんどう》した者だけは、とりわけ厳罰に値いする。そこのおまえ……賢人の従者のなりをした小人よ。申し開きせよ！」

アトランは人質たちをかきわけて進み、玉座から数歩はなれた場所で立ちどまった。

「なぜ、わたしにたてつこうとした？」と、デリルが訊く。

「それは……」

そのとき、扉をはげしく三度たたく音がホールに響きわたった。デリルは玉座から跳びあがり、困惑して正面入口のほうを見る。

「開けなさい！」外から声がした。「ただちに！」

外にいるのが何者にせよ、〝ただちに〟の言葉にまったく寛容さがふくまれないのは明らかだった。デリルとそのとりまきは予想外のじゃまがはいったことに驚き、たちなおるまでに二秒かかってしまう。次の瞬間、爆発するような音と機械の作動音がした。正面入口の、二枚扉が壁に固定されているところに、白熱してくすぶる線が生じる。線は息をのむ速さで上から下へとはしり、重金属を溶かしていく。

ものすごい轟音とともに、二枚扉がホールの内側に倒れてきた。兄弟団メンバーも人質たちも悲鳴をあげ、重さ数トンの金属を避けようと、あわててわきに逃げる。できた開口部から、ボウル形の巨大な浮遊ロボットが四体あらわれた。触手に似た把握アーム数本の先にサーモ・ブラスターが装備されている。

「毒物検査を実施します！」マシン一体の声がした。

＊

デリルの顔は蒼白になった。もつれたたてがみが逆立つ。声を震わせ、

「検査すべき対象が、いったいどこにある？　このホールには毒物などないぞ！」

ロボット四体が台座に接近する。群衆は恐れをなしてよけた。アトランもまた、マシンのじゃまをしないほうが賢明だと判断した。

「有機性の毒物です」と、先頭のロボット。「危険度ランク一。対象は生きた状態」

把握アームが玉座にのびてくる。デリルは身を守るように両腕をあげ、「毒物とはわたしのことか？　だれがそういったのだ？」

「特別検閲官です」感情のない機械音声が返ってきた。「組織基質および振動パターンにより、これを毒物と認識しました。外見の特徴も一致します」

把握アーム二本がデリルの骨ばったからだに巻きつき、そのまま持ちあげた。

「こんなことをさせてはならん！」汚染された男は必死に叫んだ。「おまえたち、防御せよ！　ロボットを撃つのだ！」

だが、だれも手を動かせない。目の前にくりひろげられる見世物があまりにグロテスクなため、衝撃で呪縛されたようになっていた。このショックを消化しようとしても、理性が拒否するのだ。観客はみな、麻痺したように立ちつくしている。人質たちと同じく、兄弟団メンバーも。

汚染された男は高く持ちあげられ、一ロボットの湾曲したボウルのなかにほうりこまれた。叫び声がとだえる。墜落の衝撃で気絶したか、恐怖でパニックになり、喉がつまったのだろう。

ロボットたちは方向転換した。重々しいようすで開口部をぬけ、ホールを出ると、草地の上を浮遊していく。それから上昇し、ジャングルのへりに達したときには、すでに木々の梢より二十メートル上空にいた。

二度とないような光景を目にした人々がまだショックを克服できずにいたそのとき、ホールの奥のほうでドアの開く音がした。アトランはこうべをめぐらし、奇妙なとりあわせの一行がはいってきたのに気づく。兄弟団の制服を着用した、武器を持たないクラン人五人。そのうしろから、公爵カルヌウム。白いたてがみと銀色にコーティングされた衣装は見まちがえようがない。そして、公爵の隣りにアイ人チャクタルがいた。カルヌウムとチャクタルはそれぞれ、武器を手にしている。クラン人五人のほうは明らかにヒュプノの影響下にあった。

＊

奥のほうから、だれかが大声で、

「ニルゴード、きみの出番だ！」

首領代行はびくりとして顔をあげる。このような事態はまったく予想していなかったにちがいない。不安をしずめるようなしぐさをしたのち、玉座へあがる一段めに足をかけた。いつのまにかチャクタルが、さえぎる者もいないなか、アルコン人に近づき、没収されていた武器をわたしてからひっこむ。チャクタルとカルヌウムが玉座の両わきに立つ。アトランは武器を手にしてニルゴードに歩みよった。

「さしあたり、ここできみに語ってもらうことはない」と、冷たくいいはなつ。「公爵のために場所をあけろ！」

ニルゴードは助けをもとめるように周囲を見まわした。ホールの壁ぎわで動きがあり、兄弟団メンバーのひとりが叫んだ。

「卑屈になるな！　われわれ、数の上では優位なのだから」

アトランはそちらへ向きなおり、

「そのような考えだと」と、ホールのすみずみまで聞こえるように声をはりあげる。「優位だとしても、首領を失うことになるぞ。ここにいる男は銃口をつきつけられている。きみたちのひとりでもおかしなまねをすれば、かれもまた前任者の轍《てつ》を踏むだろう」

沈黙が生じる。これで味方のうしろだては期待できない、と、ニルゴードは悟った。この男は生まれながらの腰抜けだ。ここでイニシアティヴをとれば、数で劣る敵を容易に打ち負かせたかもしれないのに、だれかが自分にかわっておもてに出てくるのをひたすら待つだけだった。こうしてチャンスをふいにしたのである。

アトランが武器のグリップで追いたてるしぐさをすると、ニルゴードは抵抗もせずわきにどいた。カルヌウムが階段を三段あがってデリルの玉座につき、クッションに身をもたせかけてくつろぐ。演説がはじまった。

「では、一件落着したところで……」

恒星はいつしか南中位置を過ぎている。公爵は語った……兄弟団が今後、クラン現政権のたてなおしに協力すると誓うならば、見返りとしてニルゴードが首領の座につくことを認めよう、と。公爵の歩みよりに応えて、兄弟団メンバーのほうは平和のあかしに武器を捨てると表明。

これらの経緯について、すみやかにクラン国民に伝えられる。第一艦隊からウルスフに向けて部隊が派遣され、軍政が敷かれることになった。部隊は来週いっぱい、情勢がおちつくまで滞在する予定だ。一隻めの艦が到着してすぐに搭載艇が出て、セリガアルとその一行を探しだす。この間に兄弟団は惑星内通信網を通じて、すべての人質を解放すると宣言していた。

昼ごろ、パンチュがもどってきた。任務の成功を知って大よろこびだ。かれがみごと特別検閲官になりすましたおかげで、制御ステーションのコンピュータは躊躇《ちゅうちょ》なく指示にしたがい、汚染された男デリルを〝生きた〟有害廃棄物と判定、可及的すみやかに発見・無害化すべき対象とみなしたのである。パンチュは対象廃棄物の現在位置もコンピュータに進んで説明していた。

チャクタルのほうは当初思っていたほどドラマティックな展開があったわけではなかった。チャングが宿営地をはなれたのを目撃し、こっそりあとをつけたのだ。追いついたときには、まさにターツが兄弟団の本部拠点に密告を終えたところだった。そのようすから明らかになったのだが、チャングは秘密結社のメンバーというわけではなかった。ただ、アトランによる襲撃のさい、かれいわく〝こてんぱんにされる〟のが恐かったらしい。そうならないため、敵方に前もってアルコン人の計画を知らせ、これを頓挫させたかったようだ。この行動についてチャングが責任を問われることはなかったが、その後クランドホル星系でかれの消息を耳にした者はいない。おそらく、ひどい恥をさらしたと自覚し、故郷惑星クォンゾルに帰ったのだろう。

チャクタルに話をもどすと、これで人質たちを救う可能性はなくなったと考え、兄弟団の本部拠点に向かったという。ちょうど大騒ぎになっていたところで、混乱に乗じて兄弟団メンバー五人をヒュプノ操作することができた。かれらの案内で、公爵カルヌウムが囚われていた部屋まで行ったそうだ。あとは前述のとおりである。

汚染された男デリルがどうなったかは、だれも知らなかった。こと有害廃棄物に関して、ウルスフの制御ステーションは容赦がない。のちに兄弟団の記録をのこすことになる歴史家は、冗談めかしてこう書き記すだろう……デリルのどの部分がクラン技術の再利用システムに送られ、どの部分が利用価値なしとみなされて銀河内虚無空間に射出されたのだろうか、と。

こうしてアトランは、公爵カルヌウムとシスカル、忠臣三名とともにクランに帰還するためウルスフを去った。そのさい、急いでいたので、廃棄物処理施設のはずれで森にかくした宇宙服四着のことをすっかり忘れてしまった。というわけで、カテンビ谷北部、東のほうにあるジャングルでは今日《こんにち》になっても、着用者にぴったりあつらえた高価な生命維持システムがそこに置かれたまま、熱帯気候のなかで朽ちはてるのを待っている。その素材は耐久性に富み、装置は故障しにくいため、いつになるかはわからないが。

*

別れはみじかく、切ないものだった。〝三忠臣〟たちは水宮殿にもどっていった。ほかのルゴシアード勝者たちとともに、ひきつづき賢人の廷臣をつとめることになる。賢人の役目をになうのはサーフォ・マラガンと、クランドホルの一公爵だ。それはいまもこれからも、おそらくグーになるだろう。三頭政治のもうひとりのメンバーについては、まだ選挙委員会の意見が一致していない。

ニルゴードは約束どおり、公営放送局の録音装置に向かって次のように述べた……政権運営がふたたびクラン人の手にわたったいま、もはや兄弟団の存在意義はなく、ここに解散を宣言する、と。以後、この地下組織が話題にのぼることはなかった。

アトランは二公爵をはじめ、ここ数週間の出来ごとに深く関わった人々を、水宮殿内の小部屋に集めた。別れの時が近づいている。賢人の従者のうち、ソラナーの流れをくむ者たちは、すでに遠距離宇宙船に乗りこんだ。《ソル》はダロス上空の低いところに浮かび、スタートの合図を待っている。スプーディ船の指揮をひきついだタンワルツェンによれば、夜にも出発の予定だという。積み荷のスプーディはすべてクラン人にひきわたした。

公爵ふたりが……けがの後遺症がのこるグーは、クッションつき寝台に横たわったまま……別れの言葉を口にした。丁寧な口調だが、どこかよそよそしい感じで、〝賢人アトラン〟の時代が本当に終わってしまったのだと、アルコン人は痛感した。あの時代にもどることはもうない。そのままつづいていたら、利よりも害のほうが大きくなっただろう。どのような力が働いたかわからないが、まさに最適なタイミングで改革がなされたということ。

アトランはなぐさめになる話し相手を探して、ベッチデ人ふたりのもとにおもむく。ブレザー・ファドンとスカウティもまた、賢人のそばにのこると決心していた。

「いったとおり」と、アトラン。「わたしはまずヴァルンハーゲル・ギンスト宙域に行くつもりだ。そこでスプーディを採取したのち、人類の故郷惑星に向けて飛ぶ……テラへ」

「いっしょに行けたら、どんなにいいでしょう！」スカウティが夢みるようにいう。

「だれもそれをとめはしない」

彼女はかぶりを振り、

「たしかに、とめる人はいません。でも、わたしたちの居場所はここなんです！　ベッチデ人はヴェイクオスト銀河の住民ですから。それに……」と、アルコン人を見てふと笑みを浮かべた。「サーフォ・マラガンが突然スプーディ群の下から出てきたときに、まわりが知らない顔ばかりだったら困るでしょ？」

アトランは真剣な顔を崩さず、

「できれば、キルクールへのより道はやめようと思っている」

「なぜです？」ブレザー・ファドンが驚く。

スカウティのほうはうなずいた。アルコン人がそういうのを知っていたかのようなまなざしで、

「かえって混乱させるだけですものね」と、小声でいう。「《ソル》はベッチデ人の夢です。でも、夢は夢のまま、実現しないほうがいい場合もたくさんある。かれらは自分たちの生活を築きあげました。出自にも誇りを持っています。たとえ数はすくなくても、誇りある〝人類〟として、クランドホル公国の重要な構成要素になるでしょう」

「まったく同感だ」アトランは答えた。

＊

やがて夜になった。衛星光が照らすなか、アトランはダロスを通りぬけ、小型カプセ

ルのほうに歩みよった。それを使って《ソル》に搭乗するのだ。立ちどまり、頭をそらして、衛星反射鏡のまばゆい輝きが鈍く光る点上を通りすぎるのをしばし見つめる……その光点は、自分がもうじき去ることになる銀河の星々だ。そしてもう、おそらく二度と見ることはない。心のなかで第一艦隊ネストに別れを告げた。地球の満月にも似て頭上に浮かぶそれは、これからもおのれの道を進もうとしている。

そのとき突然、乳白色の明かりの向こうから人影が近づいてきた。

「旅のぶじを祈ります、異人よ」と、おだやかな声がする。「あなたがもどることがあるかどうか、わかりませんが……もしもどったとしても、わたしは会えないでしょう。もうじき死にますから。わかるのです。ここしばらく、無理しましたからね。以前ならすぐに回復したでしょうが、こんどばかりは骨身にこたえました」

アトランは手を額にあてた。クラン人にとり、最高の敬意を表するジェスチャーである。

「きみはじつに得がたき存在だ、シスカル。きみのような人物を生みだしたことを、クラン人種族は誇りに思うべきだ」

「そっくり同じ言葉をあなたに贈ります、アトラン」シスカルは愉快そうに舌を鳴らした。「お元気で！」

「元気でな、シスカル」

アトランはそう応じ、歩きだした。自分を待つカプセルに向かって。

あとがきにかえて

星谷　馨

おかえりなさい、アトラン！

思えばわたしはローダン・シリーズ翻訳メンバーとしてのデビュー作、四九一巻後半「選ばれし者」でアトランの旅立ちを見送ったのであった。長い別れを予感させるラストだっただけに、今回の復活劇はひとしお感慨深い。アルコン人、久々に大活躍の巻。ほんとうに胸のすく思いがいたしました。

今回の作者は前後半ともにクルト・マール。個人的に好きな作者のひとりである。かれの本職が物理学者だったというのはご存じの方も多いだろう。その知識を生かしたメカニックな描写が特徴のマールだが、ドイツ語の文章じたいも理が勝って整然としており、いかにも理系の人という雰囲気がぷんぷん匂ってくるのはおもしろい。人物造形も巧みで、魅力的なキャラクターがたくさん登場する。今回出てきたなかでの我がナンバーワンは、〝男前〟の女防衛隊長シスカルも捨てがたいけど、なんといっても初登場のクシルドシュク、パンチュに軍配を上げたい。悲しげな目と大きな垂れ耳にすっかりハートを奪われてしまったのです。

その他、今回の登場人物で印象にのこったのはクラン人の、通称「壊し屋」だ。ドイツ語原文では**Rammbock**。これをわたしは最初「雄羊」として翻訳原稿を提出したのだが、編集部のKさんから次のようなメールをいただいた。

〈**Rammbock**には「破城槌」という意味もあります。「雄羊」よりは、強大な権力体制を打ち崩す者のあだ名としてはふさわしいように思いますが、いかがでしょうか〉

うーむ。「破城槌」の意味があることはもちろん知っていたが、人物の通称としてはなんだかしっくりこない気がしたのだ。とはいえ、雄羊だといまいちパワー不足か。いやいや、よく考えたらこのクラン人、兄弟団の体制を打ち崩す破城槌のイメージとはちと違う。計画遂行者なんて呼ばれていて、どっちかというと頭脳派で理想に燃えたタイプ。団の方向が自分のめざすものと違ってきたことに思い悩みつつも、おもてだって体制に異を唱えられない気弱な面もあり……やっぱ「雄羊」がふさわしいのではないか。

そんな考えを伝えたところ、Kさんのお返事。

〈しつこいのですが、ドイツ人が**Rammbock**と読んだときは「破城槌」をイメージするような気がしています。一般的に「雄羊」を連想するドイツ人はいないように思えます。グーグルで画像検索すると、ホラー映画か破城槌の画像ばかりが検索されます〉

ホラー映画？　なんだろうと思って調べてみると、二〇一〇年にドイツで公開された*Rammbock*というタイトルのゾンビものだった。邦題は「ベルリン・オブ・ザ・デッド」。アパートの部屋に籠城した住人たちが力をあわせて外にいるゾンビに立ち向かう、というお話だ。見ていないので正確にはわからないが、このなかに部屋の壁を壊すようなシーンが出てくるらしい。ドイツ人にとって、壁とは壊すべきものなのかもしれない。

となると、やっぱりRammbockは破城槌か。

そもそも、似ても似つかぬ「雄羊」と「破城槌」がなぜ同じ単語なのか？　これについてはウィキペディアの「ヒツジ」の項目に以下の記述が見つかった。

「怒った雄羊の突撃には相当な威力がある。ここから転じてローマ軍で用いられた破城槌の先端には、鉄や青銅で出来た雄羊の頭の像が取り付けられた」

古代ローマ人は、らせん状のりっぱな角を持つ雄羊が相手かまわず頭突きをくらわすさまを見て、破城槌を思いついたということ。破城槌は英語でもbattering ramという。つまり、もともとは雄羊の意だが、そこからの連想で生まれた破城槌のほうが、いまではKさんのいうとおり一般的になったのだろう。

それでもやはり「破城槌」を呼び名にはしたくない。考えたあげく、「壊し屋」にしたというわけである。翻訳者たるもの、辞書に載っている単語や表現をそのまま使うだけでは翻訳にならないと肝に銘じるべし。そんなあたりまえのことを再認識させられた、今回の Rammbock であった。

ところで、この五二五巻ではアトラン復活のほか、もうひとつよろこばしいお知らせがある。すでにご存じの読者も、また帯を見てお気づきの方もおられると思うのだが、ローダン・シリーズの五〇〇巻出版達成が第四十七回星雲賞の自由部門を受賞した。

これは全国ＳＦファンの大イベント「日本ＳＦ大会」参加者の投票によって決まる賞で、優秀なＳＦ作品およびＳＦ活動に対して贈られるもの。小説、メディア、アートなど部門がいくつかあり、二〇〇二年から設けられた自由部門はこうしたジャンルでくくれない事物が対象になる。初音ミク、ガンダム三十周年プロジェクト、衛星はやぶさの帰還、ｉＰＳ細胞などがこれまでの受賞者と聞けば、自由部門の意味合いがおわかりいただけるのではないだろうか。

日本ＳＦ大会のホームページでは「いつまでたっても候補にあげられないから」というのがローダン・シリーズの推薦理由になっていた。ファンの方々にすれば、満を持して真打ち登場といった心境であろう。

さて、今後のローダン・シリーズの邦題を二十五巻ぶん、ご紹介いたします。仮題のため、刊行時には変更されることがありますのでご了承ください。

1051 "Die schwarze Flamme"「黒い炎の幻影」エルンスト・ヴルチェク
1052 "Finale auf Chircool"「キルクールのフィナーレ」ペーター・グリーゼ
1053 "Metamorphose der Gläsernen"「ガラス人間の変身」ペーター・グリーゼ
1054 "Der mentale Sturm"「メンタル嵐」H・G・エーヴェルス
1055 "Das psionische Labyrinth"「プシオン性迷宮」H・G・エーヴェルス
1056 "Die steinerne Charta"「石の憲章」ウィリアム・フォルツ
1057 "Die Gestrandeten"「難船者たち」H・G・フランシス
1058 "Vorstoß nach M3"「M－3への進撃」クルト・マール
1059 "Fels der Einsamkeit"「孤独の岩」クルト・マール
1060 "Der Planet Vulkan"「火山惑星ヴァルカン」クラーク・ダールトン
1061 "Beherrscher des Atoms"「原子の支配者」H・G・エーヴェルス
1062 "Station der Porleyter"「ポルレイターのステーション」H・G・エーヴェルス
1063 "Ein Hauch von Leben"「生命のいぶき」デトレフ・G・ヴィンター
1064 "Der Schiffbruch"「宇宙船、崩壊す」クラーク・ダールトン

1065 “Die Superviren” 「スーパー・ヴィールス」 ペーター・グリーゼ
1066 “Gesils Punkt” 「ゲシール・ポイント」 エルンスト・ヴルチェク
1067 “Am Rand des Nichts” 「虚無の淵で」 H・G・フランシス
1068 “Rückkehr in die Hölle” 「地獄へ帰還」 クルト・マール
1069 “Tötet die Terraner!” 「テラナーに死を！」 H・G・エーヴェルス
1070 “Gefangene der Materie” 「物質の囚われ人」 ウィリアム・フォルツ
1071 “Zwischenstation Orsafal” 「中継ステーション、オルサファル」 マリアンネ・シドウ
1072 “Karawane nach Magellan” 「マゼラン行き探検隊」 エルンスト・ヴルチェク
1073 “Das rotierende Nichts” 「自転する虚無」 H・G・フランシス
1074 “Lockruf aus M3” 「M－3から呼ぶ声」 K・H・シェール
1075 “Die Waffe der Porleyter” 「ポルレイターの武器」 マリアンネ・シドウ
1076 “Der Weg der Porleyter” 「ポルレイターの道」 ホルスト・ホフマン
1077 “Aura des Schreckens” 「恐怖のオーラ」 デトレフ・G・ヴィンター
1078 “Die Seth-Apophis-Brigade” 「セト＝アポフィスの大軍勢」 クルト・マール
1079 “Station der Freien” 「自由民たちの基地」 H・G・フランシス
1080 “Das Ende eines Experiments” 「ヴィールス実験終了」 ホルスト・ホフマン
1081 “Die Unbesiegbaren” 「敵なき者たち」 H・G・エーヴェルス

1082 "Transmitter nach Nirgendwo"「転送機はいずこへ」H・G・エーヴェルス
1083 "Der Kometenmann"「星を持つ男」K・H・シェール
1084 "Operation Kardec-Schild"「カルデクの楯作戦」クルト・マール
1085 "Der Symbionten-Träger"「共生体の保持者」ホルスト・ホフマン
1086 "Solaner-Jagd"「ソラナー狩り」ウィリアム・フォルツ
1087 "Wolke im All"「宇宙の雲あらわる」マリアンネ・シドウ
1088 "Der ewige Krieger"「永遠の戦士」エルンスト・ヴルチェク
1089 "Die Psi-Antenne"「プシ・アンテナ」H・G・フランシス
1090 "Der Kardec-Kreis"「カルデク・サークル」クルト・マール
1091 "Sperrgebiet Hyperraum"「ハイパー空間封鎖」H・G・エーヴェルス
1092 "Aktion Transmitternetz"「転送機ネット、作動」H・G・エーヴェルス
1093 "Testwelt Cheyraz"「テスト惑星チェイラツ」デトレフ・G・ヴィンター
1094 "Der Mann aus Haiti"「ハイチからきた男」H・G・エーヴェルス
1095 "Das Ende eines Porleyters"「あるポルレイターの死」エルンスト・ヴルチェク
1096 "Der Ring der Kosmokraten"「コスモクラートのリング」マリアンネ・シドウ
1097 "Begegnung in der Unendlichkeit"「無限での遭遇」H・G・フランシス
1098 "Der steinerne Bote"「石なる使者」クルト・マール

1099 “Das Kollektiv der Porleyter”「ポルレイターの集合体」クルト・マール

1100 “Der Frostrubin”「フロストルービン」ウィリアム・フォルツ

輪廻の蛇

The Unpleasant Profession of Jonathan Hoag

ロバート・A・ハインライン

矢野　徹・他訳

酒場を訪れた青年はみずから〝私生児の母〟と名乗り、バーテンの「わたし」に奇妙な身の上を語りはじめる。だがその背後には驚愕の真実があった……。究極のタイム・パラドックスを扱った表題作（映画化名「プリデスティネーション」、イーサン・ホーク主演）など、6つの中短篇を収録するSF界の巨匠の傑作集。

ハヤカワ文庫

宇宙への序曲〈新訳版〉

Prelude to Space

アーサー・C・クラーク

中村 融訳

人類は大いなる一歩を踏み出そうとしていた。遙かなる大地オーストラリアの基地から、宇宙船〈プロメテウス〉号が月に向けて発射されるのだ。この巨大プロジェクトには世界中から最先端の科学者が参画し英知が結集された！　アポロ計画に先行して月面着陸ミッションを描いた、巨匠の記念すべき第一長篇・新訳版

火星の人〈新版〉（上・下）

The Martian

アンディ・ウィアー
小野田和子訳

有人火星探査隊のクルー、マーク・ワトニーはひとり不毛の赤い惑星に取り残された。探査隊が惑星を離脱する寸前、思わぬ事故に見舞われたのだ。奇跡的に生き残った彼は限られた物資、自らの知識と技術を駆使して生き延びていく。宇宙開発新時代の究極のサバイバルＳＦ。映画「オデッセイ」原作。　解説／中村融

訳者略歴　東京外国語大学外国語学部ドイツ語学科卒，文筆家　訳書『幸福をもたらす者』フランシス＆マール，『第五使者の誕生』グリーゼ＆フランシス（以上早川書房刊）他多数

HM=Hayakawa Mystery
SF=Science Fiction
JA=Japanese Author
NV=Novel
NF=Nonfiction
FT=Fantasy

宇宙英雄ローダン・シリーズ〈525〉

ウルスフ決死隊《けっしたい》

〈SF2079〉

二〇一六年七月二十日　印刷
二〇一六年七月二十五日　発行
（定価はカバーに表示してあります）

著者　クルト・マール
訳者　星谷《ほしや》　馨《かおり》
発行者　早川　浩
発行所　株式会社　早川書房
郵便番号　一〇一 - 〇〇四六
東京都千代田区神田多町二ノ二
電話　〇三 - 三二五二 - 三一一一（大代表）
振替　〇〇一六〇 - 三 - 四七七九九
http://www.hayakawa-online.co.jp
乱丁・落丁本は小社制作部宛お送り下さい。
送料小社負担にてお取りかえいたします。

印刷・信毎書籍印刷株式会社　製本・株式会社川島製本所
Printed and bound in Japan
ISBN978-4-15-012079-5 C0197